異郷の日本語

金石範
崔真碩
佐藤泉
片山宏行
李静和

青山学院大学文学部日本文学科編

社会評論社

異郷の日本語●目次

［第1部］

文学的想像力と普遍性……金石範

文学的想像力の空間

きょうの私の講演のタイトルは「文学的想像力と普遍性」ということになっております。このタイトルは、主催者側の佐藤泉先生がおつけになったと思いますが、このタイトルが印刷された印刷物が私の所に送られてきて、初めてそれを目にしました。「文学的想像力と普遍性」――すごいですよね（笑）。大文字のタイトルといいますか。文学というジャンルで言えば、一般的なタイトルに見えて、これは原則的な問題なんです。もちろん、文学だけでなく、芸術全般において、この「想像力と普遍性」という問題はきわめて大きなものですが、「文学的想像力と普遍性」ということになると、他の芸術ジャンルと違って、ことばが介在することになりますね。

この、ことばが介在するということ。それが「国語」という言葉に象徴されるような、ひとつの「壁」になるわけです。ことばを介在させた想像力と普遍性ということになると、私にとってはその言語は日本語なんです。日本語は私のように日本人ではない物書きの場合、日本人の小説家たちのようには感触できないんですよ。ですから､皆さんがこのタイトルから、どういうことを想像なさったかわかりませんけれども、私にとっては非常に挑発的なものでした。もともと、範囲がとても大きいタイトルですね。想像力ということばひとつとっても、宇宙空間に打ち上げられるような、そういう高さまで行くわけですよ。また逆に、四畳半なら四畳半なりの狭い空間の想像力というものもありうる。この場合、「文学的想像力」というのは、私にとってはまず虚構（フィクション）そのものですね。

植民地支配の余波

私はいまから五十年ほど前に、『鴉の死』という最初の小説を書きましたが、これは一般的な私小説ではないわけです。日本の文学というのは、明治の自然主義小説から始まって、だいたい私小説的なものが主流であって、戦後もずっとそれが続いている。在日朝鮮人文学という言い方は、もちろん戦後できたもので、戦前・戦中は日本帝国主義の支配下にありましたから、特別にそういう言い方をすることはできませんでした。できなかっただけじゃなくて、そういう前提がなかったわけですが、この在日朝鮮人文学というものもまた、日本の私小説の影響を、きわめて大きく受けていたのですね。

御承知のように、朝鮮は長い間日本帝国主義の植民地支配を受けてきました。私なんかは、いわば「旧植民地」の人間ですよ。日本は支配者でありつづけてきました。このことが、文学にも大きな影を落としたんです。戦争末期、植民地支配下で朝鮮語で書かれた作品がありますが、たとえば日本神話の「何とかのミコト（尊）」であるとか、朝鮮語で表現できないことばを、無理やり作らなければならなくなるということがありました。

一言で言えば、植民地下における現地の住民の文学というものは、宗主国である日本の文学と同じようなものにはならないんです。それはたんに、民族の文化的表現が奪われるというだけではない。いびつな、極端なものに変形されるわけですね。歴史も抹殺され、作り直される。朝鮮語の使用も禁止されるとか、いまでは想像もつかないような関係がつくり出されるんです。全世界にディアスポラと呼ばれる存在がいるけれども、在日朝鮮人もまた、そういう植民地支配の落とし子ですね。それで、当時、植民地化され、日本国民とされていた朝鮮本土にいた朝鮮人文学者も、日本語で作品を書くようになります。皇国臣民として、日本の戦争を賛美する文章を書きます。

なぜこういう話をするかといえば、その余波というものが現在まで続いているからなんですよ。私もまた植民地支配の落とし子である。私が日本語で書くということ、日本語でここでこうやってお話をしているということこそが、こういった過去にまでさかのぼらせていくのです。

戦前に朝鮮から渡ってきた在日朝鮮人の文学者たちがいるわけです。代表的な人として、御承知かも知れませんが、張赫宙《チャン・ヒョクチュ》や金史良《キム・サリャン》といった作家がいます。金史良は、自分が日本語で書くことについて、たいへん悩んでいるんですね。日本語で書く場合の朝鮮人の自由とはなにか、と。かれは戦争末期に朝鮮に帰って、さらに中国へ逃げます。延安に行こうとしました。張赫宙のほうはあまりそういう悩みを抱くことはなく、最後には自らも帰化して日本人になります。戦争を賛美するような小説を書きました。

戦後朝鮮は南北に分断され、在日朝鮮人も多く日本に残ります。そういった人の中で、日本語であれ朝鮮語であれ、文学表現をしたいと思う人々が表れてくる。金達寿《キム・ダルス》さんは代表的な方ですね。

しかし、こういった作家は、先に述べたようにだいたい私小説系統なんです。たとえば金達寿さんは、長編の『玄海灘』で、かつて「京城」にいたときの話を書く。また、『太白山脈』を書く。四畳半的な世界とはもちろん違いますが、自分の体験をもとにして、それにフィクションを交えて作品を書く。

日本の小説の大半も、そのようなものではないでしょうか。自分の体験を底に持つ。私はそれが日本の文学の特徴だと思う。もちろん、体験を書くことがいいとか悪いとか言うのではありません。

日本文学の「優位性」という感覚

もう一つ言えることは、戦前は権力によって、朝鮮人は日本人の下位のランクにおかれていましたから、朝鮮人の文学もまた下位に置かれていたということです。

いま、奈良におられる詩人の金時鐘《キム・シジョン》さんが、岩波書店から『朝鮮詩集』の新訳を出しました。素晴らしい仕事です。もともと金素雲《キム・ソウン》さんが訳した『朝鮮詩集』を土台にして、原文と照らし合わせながら、原文に忠実に金時鐘流に翻訳したものです。金素雲さんが『朝鮮詩集』を出した頃の日本の文壇の状況を考えてみると、その受け容れられ方は大変なものでした。朝鮮語が、このような日本語になるのか、という驚きですね。しかし、金時鐘の反発はそこにあったわけです。朝鮮の詩を、まっとうなかたちで伝えるべきだということです。つまり、日本語の問題なんです。

五七調という、もとの詩には当然ないようなリズムまで組み込んで訳したのが金素雲でした。原文を見ればそれは明らかです。語学的な天才だったんでしょうね、それは非常に美しい日本語になって、日本語の叙情的なリズムに変形しています。日本の詩人たちは『朝鮮詩集』を持ち上げた。それはいったいどういうことでしょうか。たしかに詩の素晴らしさを讃えているわけだけれども、それは上に方に立って評価をくだしているということなのではないか。先生が子どもをほめるようなもので、認めるにせよ、あくまでも日本が優位であるわけ。

戦後の在日朝鮮人文学に接する日本の文学界というものも、それがあるんですよ。金時鐘の言葉をかりれば、日本の知識人たちは、朝鮮に対するいわゆる罪障感を持っている、文学者としての反省の感覚を持っている。でも、在日朝鮮人は、そういうものに対する甘えというか、温情の関係に甘んじていたといえるんじゃないだろうか。そして、それは結局のところ、日本文学がつねに優位であるということが、暗黙の上に続いているということではないか。

いまは世の中もだいぶ変わってきましたし、日本の文壇の流れもずいぶん変わりましたね。最近楊逸《ヤン・イー》さんが芥川賞を貰って、これは画期的なことだと私は思うんですが、私小説中心の芥川賞の対象が一挙に中国大陸にまで延びた。これが芥川賞の世界をどう変えるのか、興味深いのですが、それはさておいて、とにかく日本文学を優位に置くという暗黙の了解を、在日朝鮮人作家も持っていたということが問題なのです。

在日朝鮮人二世の作家は、自分が日本人なのか朝鮮人なのかわからない。悩むわけです。一九七〇年代、とくにそういう作品が表れました。在日朝鮮人の場合、それが私的な世界を描いたとしても、その社会的に置かれている立場があるわけですから、必ず社会性を帯びざるをえない。つまり、昔のプロレタリア文学とは異なって、文学的方法意識として社会性を追求するのではない。戦後在日朝鮮人作家が描いた私小説的なものが、そうした社会性をもってしまう。そういったことを、日本の文壇は別のかたちで評価してみせるわけですね。それはそれでいいんですけれども、暗黙裏に、日本文学が上であり、旧植民地の文学を下に見るという構造は、やはりあるんではないか。私は、それに対する大きな反発がずっとあるわけです。

フィクションという現実

私は、一九五七年に『鴉の死』という百五十枚くらいの小説を書いたのですが、これは一九四八年の済州島《チェジュド》「四・三事件」を背景にしたものです。もちろん、登場人物などはすべてフィクションです。なぜそれを書いたかということはさておいて、私はこの『鴉の死』みたいな小説を、まず書かざるを得なかったんですね。

私は、済州島の事件を体験してはいません。もし私が、日本文学の私小説的な影響を受けておれば、たぶん『鴉の死』のような作品は出てこなかったと思います。私は勉強不足だったせいか、幸いそういう影響を受けませんでした。まず、書くべきである、書きたいという気持ちがあった。体験しようがしまいが、書きたい場合には書かなければならない。体験したことしか書けないのであったら、書きたいものがある、書く必要があることに対してどうするんだ。ここに、フィクションというものが必要になるわけです。

半世紀前、私が済州島を書こうとしたとき、済州島にいるわけではないし、行ってこれるわけでもなかった。体を向こうに持っていくことはできないところで、想像力が架け橋になるのです。それがいわば、文学的想像力なんです。体験だけが真実ではない。文学的な真実というものは、実際の体験以上のものがあり得る。そういうところから私の小説は始まったし、いままでずっとそうなんです。

ですから、きょうのタイトルである「文学的想像力と普遍性」は、あくまで、「私の文学的想像力と普遍性」であって、さらに書き換えるならば、「文学的想像力」と「普遍性」は並列されるものではなく、「文学的想像力による普遍性」なんですよ。ほんとうの文学的想像力は、かならず普遍性へとつながらなくてはならない。

普遍性とはなにかという問題はありますよ。でも、芸術は「個」を超えたものじゃないですか。もちろん、個というものを通して、普遍性につながるというところに、芸術の意味はあるわけですね。だから科学とは違うし、また人間存在を描くといっても、哲学とも違う。個の存在を否定する仕方ではなく、個を通して普遍性を主張する。

「自分の肉体を通過させたことば」という言い方をよくしますね。血管の中を文字が通過するという意味じゃありませんよ。肉化された思想、つまり観念的な思想ではなくて、ほんとうに思想そのものを体得する。個を通して個を超える、それが普遍性に至る一つの道なんですね。常識的な話になるかもしれませんが、文学というものは、いろいろな見方があるけれども、人間の生、存在に関わる表現ですね。小説は存在を問うものではない。存在そのもの、メタ存在であって、他者との関係で存在を問われる。人間存在がそうであるようにです。人間というものは、個ではあるけれど、関係性の中を生きる存在である。個同士の関係性もあれば、世界との関係もある。必ず、他者との関係性において、個というものも成立します。そういうなかでは、そんなにスムーズにみんな生きているわけではない。いろいろな摩擦とかずれとかがあるわけで、そこから文学が生まれるのだと思います。人間を描く場合、絵画でも音楽でも文学でも、人間の頭脳を通してつくり出されるわけですが、文学の場合、ことばを通じて書かれる。哲学もことばを通して書かれるという意味では、同じような対象を扱っているといえる。しかし、哲学は抽象的な思惟を用いて書きます。しかし文学はそうじゃない。ことばによる形象化を用います。だから、哲学的な表現を窮屈だと考える哲学者もいて、ニーチェみたいに詩を書く哲学者もいますね。

この、ばらばらになった現実の世界で、統一したイメージというものがなかなかもてなくなっているのは事実です。そうであるけれども、全体として世界を捉えようとする試みがある。戦後、全体小説といわれるものがありました。全体小説は、私小説的な方法では書くことはできませんよ。それは、体験というものを超えたひとつのフィクションの力というものを、相当に働かせることが必要だからです。この意味で、「文学的想像力と普遍性」というとき、その普遍性とは、時代と拮抗する、世界を全体としてとらえるものであるだろうと私は思います。

いま、若い人でそういうことを考える人はあまりいませんね。世界を全体として捉えるなんて、ドン・キホーテの試みだ、と。海辺の砂のようにばらばらに、分散化されてしまっている世の中で、たしかに全体的な世界、世界像を掴むということはなかなかできないことだと思います。でも、掴もうという気持ちがあればいいんじゃないでしょうか。そういう気持ちで、やってみると。

私は『火山島』という一万枚を超える作品を、二十年以上かけて書きました。それは、世界を全体としてとらえようと意識しています。ここでいう世界とは決して、宇宙的な全存在ということではありませんよ。済州島の、朝鮮の、ある時代ということです。済州島という場所は、御存知の方も多いと思いますが、この半世紀にわたって歴史が抹殺されてきたところなんです。四八年にはじまった済州島四・三事件という、現在三万人くらいの虐殺が明らかになっているこの歴史が消された場所なんですね。

『火山島』を、歴史小説であるという人がいます。しかし、歴史小説というのは、歴史的な確固とした事実があって、そのうえに、それなりの操作を加えて小説として書くのであって、私の場合は、歴史が抹殺され、存在しない所で済州島の歴史を書いたわけです。それは、済州島の現実とは違う現実、フィクションとしての現実なんですね。そういうことを私はやってきました。私のやりかたというのは、私の文学的想像力でもって、ことばを建築物のような世界につくりあげる。それが、たんなるおとぎばなしではなく、打ち立てられたフィクションとしての建築物としての作品を、現実と十分に対峙し得るような世界とすることにあります。話が大きいと思われるかも知れませんが、私は、そういうつもりでやろうとしてきました。

もちろん、はじめは長編は書けません。ただ、そういう志はありました。私小説的なもの、日本の文壇というものにたいする私の反発があったんですね。

「日本語文学」の意味

在日朝鮮人の作家が、ちょっといい作品を書く。そうすると、「在日朝鮮人文学の枠を超えた作品」であるなどと言う。……本当に、何を言うておるのか。

在日朝鮮人文学がすばらしいということは、日本文学に近づいたことであると。そういう考え方が文壇にあったわけね。

それで、私は、七〇年代の初めから、「日本文学」とは違うものとしての「日本語文学」という言い方をするようになります。これに対して公然とした批判はあまりなかったけれども、隠然とした感情的な反発は感じましたね。日本人作家の自尊心が傷つけられたからじゃないでしょうか。でも、これまでずっと傷つけられてきたのはどちらか、という問題ですよ。日本は常に兄貴分として優位な存在であり続けてきたんじゃないですか。

しかし、『鴉の死』などの作品を書いたとき、私はそれを「日本語文学」であると自信を持って主張することはまだできなかった。『火山島』を書くことで、やっと自信を持って「日本語文学」と言うことができた。『火山島』は日本語で書かれている。しかしこれは日本文学なのか。そうじゃない。朝鮮文学なのか。そうじゃない。じゃあ何か。それは「日本語文学」というしかないものである、とね。

今日のシンポジウムの主催は「日本文学科」ですけれども、「日本文学」の概念とはいったいなんでしょうか。釈迦に説法みたいで恐縮ですが、日本文学というのは、小森陽一さんの定義によれば、単一民族である日本国民による日本語の文学ということになります。単一民族＝日本国民＝日本語が三位一体となった概念ですね。つまり、明治以後、日本が資本主義化をすすめ、帝国主義へと成長していく、そういう「近代精神」形成の一端を担い、反映したものが日本文学なんです。だから、戦前において朝鮮は植民地化されていたわけだから、朝鮮人の文学が日本文学の中に組み込まれるのは致し方なかったと言えるかもしれない。けれども、戦後の在日朝鮮人はそうではない。日本国民ですらない。そうすると、三位一体のうち、日本語を使っているということしか残りません。日本語を使っているから日本文学、ということにはならない。

しかし、日本文学は日本語文学であるけれども、日本語文学＝日本文学ではない。楊逸の文学、あれは日本文学ですか。違う。たとえばアメリカ文学は、アングロ・サクソン系の文学だけではなく、黒人系とかユダヤ系とか、雑多な人々によってつくられたその全体であるわけです。けれども日本文学は、これまで、単一民族の文学としての日本文学という枠組みをもって、それで、在日朝鮮人の文学を計ろうとしてきた。いわば、日本文学には他者がなかった。朝鮮の文学は、他者でさえなかった。日本文学はそういう他者を見る目を持たなくてはいけないと思うんです。

在日朝鮮人の文学もそれに順応してきた側面があった。だから私は、他者であることを強く主張してきたつもりです。日本語文学という言い方は、私はあたりまえだと思います。日本はまだ脱植民地化していない。支配された朝鮮人の側もまだできているといえない。歴史の過去清算だけではなくて、文学の上においてもそれがなされなければならない。

一九八〇年代頃から、ポストコロニアルがブームになっているようで、大学の講義にもずいぶん出ているんじゃないですか。サバルタンですか、そういうことばもずいぶん使われるようになっています。それはいいけれど、日本の学者は、なにもインドのサバルタンを研究しなくても、在日の状況があるんです。「従軍慰安婦」の問題、これこそまさにサバルタンですよ。外には目が向くけれども、足下に目が向かないという状況はないでしょうか。一時期のブームが過ぎてしまうと、ポストコロニアルという問題もどこかに行ってしまうのではないですか。

私は小説家です。在日朝鮮人の小説家であるわけですが、作家としての自由というものの重要性を感じます。社会的な自由はもちろんだけれども、作家として、自分の表現のプロセスにおける自由というものを考える。作家はことばを使うわけだから、ことばをめぐる自由という問題がある。在日の作家の場合、それははっきりしているけれど、日本人の作家だって、日本語と作者自身の葛藤といったものはあるはずです。小説で使うことばというのは、たとえ常識的なことばに見えたとしても、常識を超えるものであるはずです。今まで使われていることばであっても、必ず新しいことばにならなくてはいけない。それが文体ということでしょう。ことばは動くものですね。それがひとつのスタイルとして、新しいことばとなっていく。ことばというものは壊れたりつくられたりするけれども、常識的な、非文学的なことばを文学的なことばにするために、それなりのプロセスが必要であるということ。そういう、表現上の苦しみというのが、作家にあるわけですよ。

在日の場合、ディアスポラであって、つまりすべて奪われた存在なんですね、極端に言えば。そこではことばも奪われている。奪った側の言葉で文学的な表現をおこなう。文学者にとって文学活動というのはアイデンティティそのものですから、過去の支配者のことばでそれをおこなわなければいけないというのは、在日の文学者にとっては屈辱に他なりません。みなさんはもちろん、そんな感覚はないでしょう。しかし、歴史的にはそうなんです。

「翻訳」が示しているもの

それから、日本語なら日本語というものが持っている、ことばの機能というものがあります。たとえば、音とか文字の形、能記、いわゆるシニフィアンの部分ですね。シニフィアンは、もともと音声的なイメージをさすものらしいですね。ことばは音声から始まって、文字はあとから作られるでしょう。この、空気を伝わって伝達する声、それがまず何かをはじめる。いま私は日本語でしゃべっている。そして、この紙にも日本語の文字が書かれている。これは民族的

郵　便　は　が　き

料金受取人払

本郷局承認

1536

差出有効期間
2010年3月19日
まで

有効期間をすぎた
場合は、50円切手を
貼って下さい。

113 - 0033

（受取人）

東京都文京区
本郷2-3-10

社会評論社 行

ご氏名

（　　　）歳

ご住所

TEL.

◇購入申込書◇　■お近くの書店にご注文下さるか、弊社に送付下さい。
本状が到着次第送本致します。

（書名）　¥　（　）部

（書名）　¥　（　）部

（書名）　¥　（　）部

●今回の購入書籍名

●本著をどこで知りましたか

□(　　　　　)書店　□(　　　　　)新聞　□(　　　　　)雑誌

□インターネット　□口コミ　□その他(　　　　　　　　　　)

●この本の感想をお聞かせ下さい

上記のご意見を小社ホームページに掲載してよろしいですか?

□はい　□いいえ　□匿名なら可

●弊社で他に購入された書籍を教えて下さい

●最近読んでおもしろかった本は何ですか

●どんな出版を希望ですか(著者・テーマ)

●ご職業または学校名

な形式ですよ。朝鮮語やハングルとは音や形が違う。つまり、朝鮮人が日本語で物を書くということは、音とか文字の形という民族的な形式、ひいてはそこに存在する日本的な感覚、そういうものに影響されるということを意味します。それは、在日朝鮮人というアイデンティティを壊すものではないでしょうか。つまり、かつての支配者のことばとして日本語があるというだけではなくて、その日本語が機能することによって、朝鮮人のアイデンティティ、あるいは表現における自由というものが壊されていく、そういうジレンマを抱えた存在であるといえます。

おのおののことばにおける所記、シニフィエというもののほうは、普遍的なものであり、概念的なものですね。だからこそ、翻訳というものが介在可能となる。ことばというものは、民族的に閉ざされたものです。もちろん本来的にはそうではなかった。近代に向かうなかで歴史的に限定され、「国語」とされることで、閉ざされていった。国境ができて、ことばの壁がつくられていった。そういう壁を崩すものとはなにか。それは、ことばに内在している、翻訳可能なものとしての、普遍的な部分であると思います。そしてさらにいえば、この翻訳可能な部分だけではなくて、たとえば想像力によってフィクションといったものを構築することで、日本語そのものの枠を超えていくことはできないだろうかと思うんです。さしあたり日本語に依拠しつつ、その日本語を超える。ことばに拠ってことばを超える、新しいことばの空間、イメージの世界の可能性ですね。

文学というものはもちろんことばの構築物ですので、概念的なものを含むけれども、このイメージの部分が、大きな一つの文学の世界ですね。あらゆる芸術がそうであるように。そういう、想像力やフィクションによってつくり出される世界というものは、それが日本語であってもそうでなくても、日本語を超えた開かれた世界へと通じるものだと思うんです。

一九七一年に久しぶりに私は日本語の小説を書いたわけですが、私の場合も、この日本語という問題を解決することができなければ、おそらく書き始めることができなかったでしょう。そのために、私なりの言語理論を作らなければならなかった。在日朝鮮人作家としての文学世界を日本語で書くことができるか、日本語で書いてなお、作家としての自由をわがものとすることができるか、そういう問題意識から、言語と文学の問題について考えていたわけです。

私がお話ししたことは、技術の問題かもしれませんね。技術の普遍性という問題もまたあって、一概に言うことは難しい。自然科学とは違って、芸術というのは人間の生まの存在から生まれているものだから、どうしても地域とか、文化的な背景があるわけですよ。そうであるけれども、そういう地域性を超えたひとつの普遍性を志向する。

昔は唯物論的な芸術方法論というものがあって、私もそのよくない影響を受けたわけだけれど、下部構造に規定される上部構造、その観念的諸形態、イデオロギーの中に芸術を位置づける考え方ですね。生産力と生産関係があって、生産力が発展すると古い生産関係——封建的な生産関係とかですね——が壊れていく。イギリスの産業革命が、封建的なものを一掃し、資本主義的な社会に変えていくといったモデルですね。芸術は、法とか宗教とかと一緒にその上部構造に属しているから、下部構造がひっくりかえればひっくりかえる。そういうものが唯物論的な理解でした。確かに究極的にはそうなのかもしれない。けれども、それだけにとどまるものではないのではないか。そういうことに、若い頃の私は疑問を抱いたんです。なぜ、時代が変わっているのに、ギリシャの彫刻はいまも芸術的古典として残りうるのか。実はマルクスもそういうことも考えてはいたんだけれども。それに、古典時代の東洋人にとって、ギリシャ彫刻が受け容れられたかというと疑問だけれども、現代の東洋人には受け容れられる。それはどういうことか、と。そういったところから、唯物論的な芸術論から離れていくことになりました。

無意識の世界も含めて書く

もうひとつ、私の『火山島』には夢がたくさん出てきます。たくさん出ては来ているのですが、それでも抑えているんです。ユングの「集合的無意識」という考え方がありますが、だいたい、芸術に無意識というものが入っていないものはありませんね。意識的に計算して、芸術というものができるものではない。計算したつもりでも、深い無意識の部分が芸術というものを動かしているものです。全体小説が、社会、心理、生理の可視的な全体だけではなく人間をほんとうに全体として捉えようとするものであるならば、そこには必ず無意識の部分が入ってこなければならない。捕まえることができないから無意識なわけですが、無意識という部分は確かにある。そこに入っていけるものは、想像力しかないんですよ。夢は、こういう夢を見ようと思って見るものではありませんね。なかには、そういう人もいるのかもしれませんけれども。

東京に梁英姫《ヤン・ヨンヒ》という映像作家がいます。『ディア・ピョンヤン』という作品を作りました。彼女のお母さんが大阪にいるんですが、そのお母さんが済州島四・三事件で、半年くらいゲリラがこもったハルラ山にいたことがある人らしい。村では目の前で、たくさんの人が殺されるのを見た。その後日本に渡ってきて、いま八十歳近いんじゃないでしょうか。私は直接会ったことはありません。それで、梁さんが四・三事件の映画を作りたいというので、母親にいろいろ話を聞こうとするんだけれども、お母さんは絶対に口を割らない。自分は絶対に話さない、映画を作るんだったら自分が死んでからにしてくれ、そう言っていたそうです。それが、最近少しずつ話しはじめたというんですね。

お母さんが、最近夢を見たそうです。意識的に、記憶に蓋をするようにして忘れようとした事件の記憶というものがあるわけだけれども、そうではなくて、長い間にいつの間にか完全に忘れてしまった記憶というものもあるわけです。忘れたふりをしているのではなく、ほんとうに忘れてしまった記憶。詳しい話を本人から聞いたわけではないのですが、お母さんは四八年の末にハルラ山に行って、その当時の恋人が、翌年山でゲリラ活動をしていて殺されたという人です。そのお母さんが最近、四・三事件の夢を見た。そして、その夢の中に、いままで忘れていた人の顔を含めて、あらゆるものがわあっと出てきた、というんです。目が覚めて見ると、そこは済州島ではなかった。しかし、夢を見たことで、芋づる式に、かつての記憶が甦ったというんですよ。恐ろしい話だと思います。「記憶の自殺」、これは私が使っていることばですが、自殺したかどうかはともかく、死んでしまっていた記憶があった。しかし、それは死んではいなかった。「抑圧された記憶」が無意識化されるというのがフロイトの考えですが、仮死状態になっていた無意識の記憶が甦ったのです。

それは、四・三事件の話を聞かせてほしいということを、娘からしつこく言われたからだったのかもしれない。でも、夢を見なかったら、そのまま記憶が死んでいたかもしれない。そういう無意識というものも含めて、つまり表側からだけではとらえられない部分も含めて書かなくてはいけないという問題になるわけです。

この、無意識の世界というものは感知できないけれども、確実に存在する。小説なら小説が、全体を書こうとするならば、無意識の世界も書かなくてはならない。そのことを、私はよく考えるんです。ひょっとすると、非科学的な、おかしな世界になってしまうかもしれないけれども、生理・心理的な部分の無意識化された世界を意識化していくということですね。

私は、あと四、五年は小説を書くつもりです。私の課題としては、この、人間が隠しているもの、忘れたもの、そこを引き出すことにあると思っています。文学の場合、それはやはり文学的想像力という問題になります。その、想像力によって引き出された無意識というものが、ある意味では普遍性へとつながるのではないか。そういう気がしています。

［第2部］シンポジウム・もうひとつの日本語

「ことばの呪縛」と闘う……崔真碩

翻訳、芝居、そして文学

こんにちは。アンニョンハセヨ。私は、李箱《イ・サン》文学の翻訳者です。そして、テント芝居「野戦《ヤセン》之月海筆子《ノッキハイビィーツ》」の役者です。訳者で役者、役者で訳者の、崔真碩《チェ・ジンソク》です。

今日は、金石範先生と同じ壇上に上がれるということで、無茶苦茶に緊張しています。やはり、私にとって金石範先生は大先生なので。それでも、せっかくの機会ですし、文学の神様として尊敬してやまない、先生の文学と私の文学とを接合してみたいという想いがありまして、もともとは李箱文学を翻訳する過程で言葉と格闘した軌跡・痕跡についてのみお話しするつもりでいましたが、当初予定していた話を膨らませるかたちで、報告させていただきたいと思います。どうぞよろしくお願いいたします。

「「ことばの呪縛」と闘う――翻訳、芝居、そして文学」と題しましたが、私は今日、翻訳者として、役者として、そして文学者として言葉と闘っているその現場についてお話しさせていただきます。それは金石範先生の言葉でいえば、まぎれもなく、「ことばの呪縛」との闘いです。「ことばの呪縛」と闘っている今の私というものを、金石範先生の前で恐縮なのですが、表現させていただきたいと思います。

翻訳の現場から

1　李箱「翼」の翻訳をめぐって

まずは翻訳の現場から、李箱文学の翻訳者としてお話をしたいと思います。私は、二〇〇六年に『李箱作品集成』という本を作品社から出しました。李箱という作家をご存知ない方もいらっしゃると思いますが、彼は、一九一〇年に現在の韓国・ソウル、当時の朝鮮・京城で生まれて、一九三七年四月十七日に東京で客死しました。満で二十六歳七か月でした。植民地時代の朝鮮近代文学を代表するモダニズム作家であり、また今の韓国でも名高く、日本の芥川賞に相当する韓国での文学賞は「李箱文学賞」であり、彼の代表作である短篇小説「翼」などは、中学校の国語教科書に載っているほどです。

李箱文学の研究ならびに翻訳を私はこれまでやってきて、『李箱作品集成』を刊行するまでに至ったのですが、その過程で私が最も苦しんだのは、「翼」を翻訳することでした。何がそんなに大変だったのか、具体的に私が翻訳した訳文や原文を朗読しながらお話ししていきたいと思います。

私がこれからお話しすることは、「翼」の翻訳に限らず、翻訳行為すべてに共通する「闘い」だと思います。「闘い」というとちょっと表現が硬いのですが、ほかに適当な言葉が思いつきません。以下では、翻訳をめぐる「闘い」について、大きく二つに分けてお話しします。

第一に、朝鮮語の原文がもっている味わいを、日本語にどう翻訳するのか、活かすのか、そのことの難しさです。第二に、既存の翻訳とどう向き合うのか、ということです。後世の翻訳者の役割として、既存の翻訳を越えなければいけない、そういう使命があると思います。既訳に恥じない、そういう翻訳を出さないといけない。

あえて二つに分けてみましたが、実際には、この二つは絡まり合っているものです。なぜならば、これからお話しするように、既存の翻訳と向き合う過程で、原文がもっている味わいをどう翻訳するのか闘い続けたからです。

ここでいう既存の翻訳というのは、岩波文庫から出ている『朝鮮短篇小説選（下）』に収められた、長璋吉というすでに亡くなられた先生の訳された「翼」です。この「翼」の訳をいかに越えるかに苦しみました。苦しみの果てに、なんとか、長先生に恥ずかしくない、私なりの訳を出すことができました。

全文を読むわけにはいかないので、これからの話に関わってくる核心的な部分についてのみ、具体的な例として読んでみたいと思います。ここでは、とりわけ、「翼」の最初の一文にこだわってみたいと思います。まず、私の訳を朗読します。

「剥製になってしまった天才」を知っているか？　僕は愉快だ。こんなとき、恋愛までが愉快だ。（李箱a、三二頁）

次に朝鮮語の原文を読んでみたいと思います。朝鮮語がおわかりになるかたは、私が何を言わんとしているかご理解いただけると思いますが、朝鮮語がおわかりにならない方は、その原文の響き、味わいを感じていただければと思います。原文はこうです。

「剥製가 되어 버린 天才」를 아시오?　나는 愉快하오. 이런 때 戀愛까지가 愉快하오.

（パクチェガ　トェオボリン　チョンジェルル　アシオ？　ナヌンユッケハオ．イロンッテ　ヨ

ネッカジガ　ユッケハオ・）

次に、長璋吉先生の訳です。

「剥製になった天才」をご存じですか。私は愉快です。こんな時には恋愛までが愉快です。

（李箱b、七一頁）

この「翼」の最初の一文を例にとってお話をさせていただきます。朝鮮語を日本語に翻訳するうえで、私がまずもって注意することは、意訳しすぎないようにすることです。むろん、だからといって、直訳するというわけではありません。周知のように、日本語の翻訳文化というのはものすごく豊かで、それは近代日本語の初期からいえることです。西洋語を中心に翻訳してきた伝統・歴史が近代日本語にはあり、西洋語をはじめとする他者の言語を受け止める受け皿がものすごく大きい。だからこそ、日本語の翻訳文化はものすごく豊かなのですがしかし、見方を変えれば、意訳しすぎてしまうという危険性が常にあるわけです。意訳しすぎてしまうと、原文のもっている味わいが損なわれてしまう。意訳が孕む問題に関しては後で詳しくお話しします。

朝鮮語を日本語に翻訳するうえで注意するもう一点は、朝鮮語と日本語とはもちろん違う言語であるわけですが、その朝鮮語と日本語の味わいの違いとは何なのかということです。たとえば、原文の「「박제가 되어 버린 천재」를 아시오? 나는 유쾌하오. 이런 때 연애까지가 유쾌하오.」(パクチェガ　トェオボリン　チョンジェルル　アシオ?　ナヌンユッケハオ.　イロンッテ　ヨネッカジガ　ユッケハオ.)という部分。聞いているだけでも、とても軽やかな、歌っているような伸びやかさが感じられると思います。この軽やかさに、李箱文学独特のユーモア、ブラックユーモアあるいは毒々しいユーモアが乗りやすい。この朝鮮語の味わいを、日本語にどう翻訳するのか、そこのところが非常に難しいのです。

くりかえし朗読しますと、私はそれを「「剥製になってしまった天才」を知っているか? 僕は愉快だ。こんなとき、恋愛までが愉快だ。」と訳し、長先生はそれを「「剥製になった天才」をご存じですか。私は愉快です。こんな時には恋愛までが愉快です。」と訳されました。あえて原文を直訳すると、おおよそ次のように訳すことができます。「「剥製になってしまった天才」をご存知ですか? 私は愉快です。こんなとき、恋愛までが愉快です。」

この一文は、「아시오?」(アシオ?:ご存知ですか?)、「유쾌하오」(ユッケハオ:愉快です)、それぞれの述語を見てわかるように、丁寧語の文章です。丁寧語で語り手は読者に問いかけています。しかし、ここでの表現は、ただの丁寧語ではありません。たとえば、「아십니까?」(ア

シムニッカ？：ご存知ですか？）といえば普通の丁寧語なのですが、「아시오？」（アシオ？）となるとそこにはひとひねりあって、皮肉とかユーモアとか、そういうものが込められているのです。ですから、「아십니까？」（アシムニッカ？）と「아시오？」（アシオ？）は、日本語に訳せば、どちらも「ご存知ですか？」となるのですが、「아십니까？」（アシムニッカ？）の場合はそのように素直に訳していいとしても、この原文における「아시오？」（アシオ？）の場合は、「ご存知ですか」と訳してしまうと、朝鮮語のもっている味わい、あるいは李箱がこの軽やかな一文に込めたものが完全に消えてしまう。しかし日本語では、「ご存知ですか？」、これ以外に訳しようがない。丁寧な表現の中に、皮肉を込めるような言い方が日本語にはない。でも、「ご存知ですか？」と訳して原文の味わいを消してしまうわけにもゆかない……。

　この一文の翻訳に非常に苦しみました。長璋吉先生は「「剥製になった天才」をご存じですか。」というかたちで翻訳されましたが、同じじゃつまらないし、同じであるべきではない。それでは、どうすれば原文のもっている軽やかさやユーモアを活かせるか。これはもう、日本語を創るしかないと思いました。あるいは原文の直訳からの飛躍というか、原文の意味を踏み外してでも、原文のもっている味わいを日本語として創らなければと、ずいぶん時間をかけました。

　その結果私が生み出したのが、「「剥製になってしまった天才」を知っているか？」だったのです。これは、原文の朝鮮語の文法からいえば間違っています。「ご存知ですか？」という丁寧な表現ではないですから。しかし私にとっては、原文のもっている軽やかさやユーモアを活かすうえで、この表現が、とりあえずの結論といいますか、これ以外にない、ギリギリのところでの訳語でした。

長先生の訳「「剥製になった天才」をご存じですか。」と原文「「박제가 되어 버린 천재」를 아시오？」（パクチェガ トェオボリン チョンジェルル アシオ？）と直訳「「剥製になってしまった天才」をご存知ですか？」という三つの言葉の間で、その間をぐるぐる回りながら、時には長璋吉先生の訳に圧倒されながら、また時には圧倒し返しながら、あくまでも原文に耳を澄ませながら訳を進めていったところで辿り着いたのが、「「剥製になってしまった天才」を知っているか？」」、この一文でした。この一文の翻訳を例にとっても、翻訳の現場、そこでどういうことが起きているのかを少しはお伝えすることができると思います。

このような「翼」をめぐる翻訳の現場で、私の飛躍的な翻訳を支えてくれた言葉があります。それは、ヴァルター・ベンヤミンの「翻訳者の課題」における言葉です。翻訳者のバイブルと呼ぶべき、このベンヤミンのエッセイには、翻訳者として求められる態度が書かれています。ドイツ語、朝鮮語、日本語という言語の境界を越えて、普遍的に、翻訳者としての態度を示唆してくれます。私がとくに示唆を受けたのは、次の言葉でした。

すなわち、ある容器の二つの破片をぴたりと組み合わせて繋ぐためには、両者の破片が似た形である必要はないが、しかし細かな細部に至るまで互いに噛み合わなければならぬように、翻訳は、原作の意味に自身を似せてゆくのではなくて、むしろ愛をこめて、細部に至るまで原作の言いかたを自身の言語の言いかたのなかに形成してゆき、その結果として両者が、ひとつの容器の二つの破片、ひとつのより大きい言語の二つの破片と見られるようにするのでなくてはならない。だからこそ翻訳は、何かを伝達するという意図を、意味を、極度に度外視せねばならぬ。（ベンヤミン、八五頁、傍点引用者）

原文と訳語の関係を「ひとつの容器の二つの破片」、「ひとつのより大きい言語の二つの破片」と捉えるベンヤミンの視点はきわめて示唆的で、霊感に満ちています。李箱文学の翻訳者である私は、ベンヤミンの言葉にインスパイアされながら、「「박제가 되어 버린 천재」를 아시오?」（パクチェガ　トェオボリン　チョンジェルル　アシオ?）と「「剥製になってしまった天才」を知っているか?」とは、「ひとつの容器の二つの破片」、「ひとつのより大きい言語の二つの破片」なのではないかと夢想しています。

くりかえしになりますが、「「剥製になってしまった天才」を知っているか?」は、文法的には正しくなく、原文と意味はずれているのですが、原文のもっている味わいを活かした訳語であり、「原作の意味に自身を似せてゆくのではなくて、むしろ愛をこめて、細部に至るまで原作の言いかたを自身の言語の言いかたのなかに形成して」いった結果、発明された日本語だからです。

「「剥製になってしまった天才」を知っているか?」——私は、この訳語を長先生の訳語「「剥製になった天才」をご存じですか。」に対して応答として投げかけたいし、実際にお会いしたことはないのですが、翻訳の現場では何度もお会いしている長先生に向かって、「長先生、いかがでしょうか。私はこのように訳しました」と言葉をかけたいです。

2 意訳との闘い、あるいは「翻訳の政治」

結局のところ、朝鮮語を日本語に翻訳するということは、それはほかの言語間でも同じことだといえるのですが、このように具体的で地道な作業であり、なおかつ、原文のもつ味わいをいかに活かすかに全神経を注ぐ感覚的な作業です。

ただ、日本語と朝鮮語の間には、ただ単にそうした言語と言語の間での翻訳をめぐる葛藤だけではなく、近代日本語と朝鮮語の間における一方向的な影響関係があり、そのことを無視することはできません。どういうことかといいますと、日本語と朝鮮語は対等な関係ではなく、帝国の言語と植民地の言語という非対称的な関係にあるということです。

　李箱という作家がそもそもそうだし、当時の植民地の作家がほとんどそうなのですが、植民地朝鮮の作家たちは、日本語・日本文学を通じて「近代」「文学」を学び、受容しました。そして、日本語でまず創作をしてそれを朝鮮語に翻訳する。つまり、二重言語状態にあるわけです。李箱もまた、朝鮮語と同じぐらい日本語で創作ができた作家です。

　しかし、それはただ単に、バイリンガルだとか、多言語主義といった、普遍的で透明な概念には収まりきらない部分があります。当時、朝鮮語は日本語の影響を圧倒的に受けますが、日本語は朝鮮語の影響を同じようには受けないわけです。帝国と植民地の関係ですから当然といえば当然ですが、この対等ではない両者の関係性が、翻訳の在り方においてもそのまま表れています。

　ご存知の方も多いと思いますが、日本語と朝鮮語は、文法・文型的にとても似ています。たとえば「私はお茶を飲む」だったら、「나는 차를 마신다.」（ナヌン　チャルル　マシンダ）というように、主語（私は：나는）が来て目的語（お茶を：차를）が来て述語（飲む：마신다）が来る文型になります。英語のように、主語、述語、目的語というふうにはならない。このように文法・文型的に似ているから、余計に朝鮮語は日本語の影響を受けやすいともいえます。

　また、近代日本語が創った翻訳語（漢字語）は、そのまま同時代の朝鮮語に移植されていま

す。たとえば、「翼」の第一文、「「剥製가 되어 버린 天才」를 아시오? 나는 愉快하오. 이런 때 戀愛까지가 愉快하오.」で、原文でハングルではなく漢字で書かれている言葉（剥製、天才、愉快、戀愛）のほとんどは、おそらく、近代日本語から朝鮮語に移植された翻訳語（漢字語）かと思われます。私は翻訳者ではあっても言語学者ではないので、厳密に突き止められてはいないのですが、少なくとも「戀愛」は、近代日本語が朝鮮語にそのまま移植されたものです。

柳父章氏の『翻訳語成立事情』（岩波新書、一九八二年）をはじめとする研究が明らかにしているように、「戀愛」や「社会」や「個人」など、西洋の概念が日本に入ってくるなかで、日本語にはそれまでになかった概念を翻訳してその概念を日本語（漢字語）として創りあげていった近代日本語の成立過程があります。そもそも、この「近代」という時代区分の概念がすでに西洋のものであり、近代日本語が創りあげた翻訳語（漢字語）です。そして、それらの翻訳語（漢字語）は、そのまま同時代の朝鮮語に移植されていきました。

ですから、李箱の文学作品は、現在の韓国人が読んだ場合、「戀愛」などの概念にはもはや違和感を覚えないにせよ、明らかに異質さを感じさせると思います。日本語の影響を受けた朝鮮語がそこにある。一方で、現在の韓国語は、英語の影響を受け続けている言語です。日本語も同様です。村上春樹の作品などを読めば一目瞭然です。これは英語を母語とする朝鮮文学研究者に聞いたことがある話なのですが、植民地時代の文学作品を英語に翻訳するよりは、現代韓国の文学作品を翻訳する方が翻訳しやすいそうです。十分にありうることだと思います。同じ朝鮮語ではあっても、植民地時代のそれと現代韓国のそれとでは、文法・文型的に微妙に異なる。

ここでは、そのことを文法・文型的に十分に具体化してお話しできないのですが、またそういう細かい例を挙げ出せばきりがないのでしょうが、そういった細かい話よりは、翻訳の現場における翻訳者の態度として、言語と言語の間にある政治、とりわけ、朝鮮語を日本語に翻訳する場合も、逆に日本語を朝鮮語に翻訳する場合も、「翻訳の政治」に対する鋭敏な感覚が求められるということを指摘しておきたいと思います。

語弊を恐れずにいえば、日本語の影響を受けた朝鮮語を日本語に翻訳するということは、ある意味では簡単なのかもしれません。日本語の影響を受けているばかりでなく、日本語の方が圧倒的に意訳の受け皿が大きいわけですから、非常に吸収しやすい。しかし、簡単にそうしてしまうと原文のもっている朝鮮語の味わいを損ねてしまうわけです。朝鮮語を日本語に翻訳する際には、そういう危険性が常にある。

私は、長璋吉先生に対してもそうですし、既存の朝鮮文学の翻訳作品に対しても、そういう点で違和感といいますか、なんとかしなければというもどかしさをずっと抱えてきました。そうしたもどかしさの超克の表現として、私にとって李箱文学の翻訳があり、「翼」の翻訳があります。

それでは、意訳するとは、どういうことでしょうか。先ほど朗読した「翼」の第一文の次の文章を例に挙げて具体的に考えたいと思います。まずは原文を朗読します。

肉身이 흐느적흐느적하도록 疲勞했을 때만 精神이 銀貨처럼 맑소.
（ユクシニ　フヌジョッフヌジョッカドロッ　ピロヘッスルテマン　チョンシニ　ウナチョロム　マルソ．）

この一文に対する長璋吉先生の訳はこうです。

肉体がぐにゃぐにゃになるほど疲れた時にだけ、精神は銀貨のように一点の曇りもなく澄みわたります。（李箱b、七一頁）

一方で、私の訳はこうです。

肉体がふにゃふにゃになるくらい疲労したときにだけ、精神は銀貨のように澄みわたる。
（李箱a、三二頁）

あえて直訳すれば、「肉身がゆらゆらと疲れた時だけ、精神が銀貨のように澄みます。」となります。日本語の細かい表現の違いは置いておいて、長先生と私の訳と直訳の間にある決定的な差異は、長先生の訳「精神は銀貨のように一点の曇りもなく澄みわたります。」における「一点の曇りもなく」という表現です。これは非常に細かい例なのですが、原文には、「一点の曇りもなく」という言葉はありません。あくまでも、原文は「精神が銀貨のように澄みます。」というかたちです。

意訳するということは、つまり、日本語の味わいを肉付けし、意味を付け足すことで、訳文を日本語として通りのいいものにすることです。意訳をすれば、一見、通りがよく読みやすい、いい訳文になります。しかし、度が過ぎると、朝鮮語のもつ味わいは損なわれ、原文を逸脱してしまいます。そして、意味が過剰になっていく。

といいつつ、私も、「「剥製になってしまった天才」を知っているか？」と、朝鮮語の文法を無視した翻訳をしているわけですが……。これは非常に難しくて、なるべく余計なものは足さないで、朝鮮語のもっている味わいを最大限に活かす、時には文法を無視してでも活かすということです。

意訳が孕んでいる問題性に対しても、先ほどのベンヤミンの言葉をくりかえしていう必要があるでしょう。すなわち、翻訳とは、「原作の意味に自身を似せてゆくのではなくて、むしろ愛をこめて、細部に至るまで原作の言いかたを自身の言語の言いかたのなかに形成してゆ」くことです。意訳しすぎることで意味に捕らわれてしまえば、たとえ訳文が日本語として読みやすくても、それは原文の味わいを損ねてしまうことになります。

もうひとつ、「翼」を訳すうえで苦心したのが、主語の問題です。「翼」の語り手の主語は「나」(ナ)です。長先生はそれを「私」と訳し、私はそれを「僕」と訳しました。朝鮮語で一人称の主語は、「나」(ナ:わたし)です。その尊敬語の「저」(チョ:わたくし)もありますが、基本的には「나」(ナ)の一つです。ですから、普通に訳せば、「나」(ナ)は「私」になります。ちょうど、英語の「I」に似ています。英語の一人称は「I」一つですし、それは普通、日本語に訳す際には「私」と訳しますから。

一方で、日本語の一人称の主語はものすごく多い。「私」「僕」「俺」「わし」「あたし」「拙者」等々、いろいろあります。しかし、朝鮮語の場合は基本的に「나」(ナ)一つです。それをどう訳すか、非常に難しい。語り手の主語であるこの言葉は小説全体に出てきますので、それをどう訳すかによって小説全体の空気が変わってくる。

結果的に、私は「나」（ナ）を「僕」と訳しました。「翼」における「나」（ナ）を「私」ではなく「僕」と訳すことで、この小説が醸し出している青さや、語り手が立っている子供の視点を活かすことができるのではないか。また、「僕」は妻に「ぶら下がって生きる」ヒモであり、妻に対する態度は徹底して受動的です。ちょうど「僕」の訓読みは「しもべ」ですから、ピッタリだ（！）と判断し、訳語を「僕」にしました。

「翼」の主語を「私」ではなく「僕」にすることで、長先生の訳された「翼」とは匂いの異なる小説世界を創ることができました。「長先生、「僕」と訳すとこういう翻訳ができます」――私は長先生に対して最大限の敬意を払いつつ、このように応答したいです。また、ベンヤミンが言うように、原作の「翼」の小説世界と私が訳した「翼」の小説世界は、「ひとつの容器の二つの破片」のように互いに噛み合っているのではないか、そう思いたいです。

芝居の現場から

最初のご挨拶で述べましたように、私は、テント芝居「野戦之月海筆子《ヤセンノツキハイビィーツ》」の役者です。二〇〇七年から芝居を始めました。デビュー作は『変幻痂殻城《へんげんかさぶたじょう》』（二〇〇七年七月東京、九月北京）です。ちょうど『李箱作品集成』を出版した一年後に縁があって芝居をすることになりました。

現在の私にとって、翻訳することと芝居すること、そして文学することは、表現としてひとつです。もちろん、それぞれの表現の在り方やそれぞれの表現が生まれる現場性は質的に異なるのですが、表現者という「媒体」として在る身体性は同じだからです。

私にとって芝居における身体表現は、それは予想外のことだったのですけれども、翻訳の現場で言葉と向き合い、言葉と闘ってきたことそれ自体を対象化するきっかけとなりました。身体を通して言葉を表現することが、翻訳の現場を、距離を置いて見つめ直す契機になりました。

簡単にいいますと、芝居の言葉というものは、意識ではなくて、身体が何かに取り憑かれるようにして勝手にしゃべっていくような、そういう霊的な感覚にもとづくものです。逆に、意識に追いつかれてしまうと、芝居の言葉は、ぎこちなくて演技っぽい、クサイ言葉になってしまいます。それは技術でカバーできるのでしょうが、私にはまだその技術がないですし、私はあくまで身体にこだわって芝居しています。

ですから、芝居の現場では、身体化された言葉によって解放されるけれども、意識化された言葉によって縛られもするのです。つまり、芝居の現場には、言葉によって解放されるか、言葉によって支配されるかのせめぎ合い、そういう言葉との闘いの場があって、私は、身体を通して表現することで、言葉の怖さを改めて知りました。

ここで、ひとつ宣伝させていただきますと、「野戦之月海筆子」は、今年（二〇〇八年）の公演を十一月一日から行ないます。タイトルは、『ヤポニア歌仔戯《オペレッタ》　阿Q転生』（十一月東京、十二月広島）です。今年の芝居のテーマは、朝鮮戦争です。朝鮮戦争における虐殺を真正面から捉えつつも、朝鮮戦争を東アジア化しながら、今ここで、朝鮮戦争を再発明しようと企てています。みなさま、よろしければ、「野戦之月海筆子」のテント芝居を観にいらしてください。

「野戦之月海筆子」のテント芝居の在り方について簡単に紹介しますと、「野戦之月海筆子」は、芝居の創り方がちょっと変わっています。その年の芝居公演の準備はまず、役者一人一人による自主稽古から始まります。自主稽古とは、役者たち各々が一人でやる創作劇で、その年の芝居公演の土台となるものです。その自主稽古をみんなで真剣に観て、感じる。「野戦之月海筆子」の作／演出家の桜井大造氏は、自主稽古をもとにして台本を役者一人一人に当て書きしてゆきます。そのため、自主稽古はその年の芝居公演の方向性を決めるもの、あるいはその年の芝居公演の生まれたての表現であるともいえます。

秋公演に向けての自主稽古は今年の春に行なったのですが、私はそこで何をしたかというと、「翼」の朗読をしました。ただ座って朗読するのではなく、立って動きも入れて、身体で表現しました。メイクして、照明を浴びて、衣装を着て、私が翻訳した「翼」と原文の両方を身体で表現しました。そのとき、どうしようもなく気づいてしまったのが、日本語の重たさでした。

先ほど朗読しましたように、「「박제가 되어 버린 천재」를 아시오?」（パクチェガ　トェオ　ボリン　チョンジェルル　アシオ？）というように、朝鮮語の原文は軽やかで伸びやかで、丁寧語でありながらそこにユーモアや皮肉が込められている。そうした朝鮮語の味わいを活かしうる言葉として私は、「「剥製になってしまった天才」を知っているか？」という訳語を生み出したわけですが、いざ身体で表現してみると重たい。この重たさはいったい何だ!? それはすなわち、ひとつの言語としての日本語との出遭い直しであり、またそれはまぎれもなく、私という存在に大きく関わっている支配者の言語としての日本語との出遭い直しだったのです。

文学の現場から

1 「ことばの呪縛」と闘う

私は金石範先生とは違って、植民地時代から生きていませんので、先生ほどにはしかと感覚できないにせよ、日本語が支配者の言語であるということは、頭では知っています。私も研究者の端くれですし、歴史と共に在るつもりですから。ただ、頭ではわかるのですが、それが支配者の言語としてどれだけ私を縛っているのかということはよくわかっていませんでした。それほどに日本語が私の存在の奥深くに内在しているからです。しかし私は、芝居を通じてそのことに気づけたように思います。そして、まだ自分は日本語のことをわかっていない、そう気づけたときに、私がいやおうなしに出遭ってしまったのが、金石範先生の一九七〇年代のお仕事でした。

金石範先生の創作活動の軌跡に通底している「なぜ日本語で書くか」「日本語で書くとはどういうことか」という根源的な問題提起の意味を、一九七〇年代初め、先生の作品が日本文壇で注目されはじめるタイミングで、「ことばの呪縛」という主題を提示しながらなされた先生のお仕事の意味を、ようやく受け止めることができたと感じたのです。それ以前から先生の七〇年代の文章は読んでいましたが、頭で理解していただけで、身体で理解していなかったということに気づかされました。

もちろん、金石範先生と同じようにはありえないのですが、私も今、翻訳の現場や芝居の現場を通して、そして文学者のひとりとして、「ことばの呪縛」という主題のもとで日本語と闘ってきた先生の姿に共鳴すると同時に、私にとって日本語とはいかなる存在か、という大きな問いに襲われている気がしています。いや、むしろ、七〇年代の金石範先生に襲われているといいますか……。この大きな問いを前にして、文学者としての私がいま真摯に受け止めているのは、「ことばの呪縛」、これは文学するものにとって普遍的な主題であり、それとの闘いが文学の現場であるということです。

それでは、金石範先生が七〇年代に自らの文学の主題として提示された「ことばの呪縛」とは何か。まず、一九七二年の文章を読んでみたいと思います。これは、先生が七二年に出された『ことばの呪縛』（筑摩書房）のあとがきの文章です。

ことばの呪縛を感じぬ作家はいないだろうが、在日朝鮮人作家はそれを二重に持つ。私はまずは日本語との関係において呪縛されている思いから自分を完全に解きえないのであり、その矛盾する意識の持続が、また自分を呪縛するものからの自由、呪縛されながら同時にそれを乗り越えるという作業の持続でもある。つまり在日朝鮮人作家がその作家としての自由を自分のものとするためには、まずは日本語との関係におけるワクの中での自由の有無を確かめてゆかねばならない。それは単にことばのメカニズムとの論理の問題としてではなく、倫理的な問題としてとらえねばならないものとしてある。これが日本人作家の場合とは異なる一つの前提だというべきだろう。（金石範ａ、二九一頁）

ここには、「なぜ日本語で書くか」「日本語で書くとはどういうことか」を問う金石範先生の立場が凝縮されたかたちで表現されています。「ことばの呪縛」と闘うことが作家の宿命であったとしても、先生にとっては二重であった。それは闘うべき言葉が支配者の言語である日本語だからです。だからこそ、論理の問題としてだけではなく、倫理の問題として、「ことばの呪縛」と二重に闘わなくてはならない。

ところで、ここで看過してはならないのは、金石範先生が一九七二年にこうした「ことばの呪縛」をめぐる根源的な問いを投げかけているということです。七二年は、沖縄が日本に再び占領された年であり、日米韓癒着体制の中で、在日朝鮮人が朝鮮籍を捨てて韓国籍を取得したり、日本に帰化するといったかたちで、在日社会が分断されていく時期です。

日本文壇の状況に引き付けていえば、当時の日本文壇は、在日文学を日本文学として括ろうとします。李恢成「砧をうつ女」の芥川賞受賞はその象徴といえますが、偶然かあるいは必然か、同時に東峰夫「オキナワの少年」も芥川賞を受賞しています。一九七二年、日本文壇は在日文学のみならず、沖縄文学をも日本文学として括ろうとしている、といってはいいすぎでしょうか。しかし、元来、日本文壇の在り方は日本ナショナリズムの動きと連動していて、植民地帝国時代から一貫してそうですが、日本文壇はスランプに陥ったり、日本ナショナリズムが再編されるとき、植民地文学を発見します。

これは「文学と政治」の問題になりますが、金石範先生はその政治と一対一で対峙している。在日朝鮮人文学の独自性を求めて、また帝国的な日本文学の在り方を批判し脱臼するための概念として、金石範先生は、日本文学ではない「日本語文学」という概念を提示しながら、日本語あるいは日本文学と対峙するための対抗政治を企てます。この対抗政治は、現在までの金石範先生のお仕事の根底に一貫して流れている日本語・日本文学とのつき合い方、その態度であると思います。

2　風化することへの焦り

金石範先生が七〇年代初めに「なぜ日本語で書くか」「日本語で書くとはどういうことか」を問いつつ、『ことばの呪縛』を出された動機として、日本に帰化するものが増えていくなかで在日朝鮮人が風化してしまうことへの焦り、または、先生ご自身が朝鮮語では小説を書けない、日本語で書くしかない、そうすることで自分が日本的なものになってしまい風化していくことへの焦りがあったのだと思います。『ことばの呪縛』に収録されている「言語と自由――日本語で書くということ」では、そうした焦りを次のように書かれています。

過去における朝鮮在住のほとんどの日本人は朝鮮人にならなかったし、その危険もまたなかったわけであるが、在日朝鮮人は帰化して行くものが一方にあり（日本の為政者はそれを歓迎している）、つねにその危険に曝されているといわねばならない。これは過去における支配と被支配という関係から来る、個人の思惑を越えたところの因果的なものである。（金石範a、八四頁）

また、同じく『ことばの呪縛』に収録されている金石範先生と李恢成氏、大江健三郎氏による座談会「日本語で書くことについて」では、日本語で書くことで日本的なものに風化していくことへの焦りを、次のように直截に書かれています。

ともかく、日本的なものに風化され、傾斜される可能性は僕らあるわけです。（略）僕自身もあるだろうし。そうすると、それに対して歯止めするものはなんであるか、歯止めが必要なのか必要でないのかということが問われるわけですよね。僕は必要と見るわけなんですよ。必要ならば、歯止めの役割をするのはいったい何か。それは、いわゆる日本語で小説書いているところの朝鮮人自体が探すべきであるし、朝鮮人自体しかはっきりつかめないものがあるんじゃないか、という気がするんですよ。（金石範a、一五九頁）

現在の時点から読み返してみても、在日朝鮮人が風化してゆくことへの、自分自身が日本的なものに風化してゆくことへの金石範先生の焦りが生々しく伝わってきます。先生は、この時点で、風化を「歯止めするもの」は何かを問いながら、それを必死になって探しているのですが、七〇年代初めにおいてはそのことをまだ十分に言語化できていない状態であったように思います。それはその後三十年以上創作活動を続けてこられている金石範先生のお仕事の軌跡を見れば、なるほどと腑に落ちるわけですが、七〇年代初めの段階ではまだ鮮明ではない状態で、風化を「歯止めするもの」を探して踠《もが》かれていました。

一読者としての私は、その後の金石範文学の軌跡に立って、この風化を「歯止めするもの」が何であったかということについて、こう考えます。済州島四・三事件でなぜ死ななければならないのかもわからないままに虐殺されていった人々の無念の死を書き続けてきた金石範文学の軌跡に立つとき、死者と共に在り続け、死者に内在する怒りを、今ここに、日本語で生成して反芻する恨解《ハンプリ》きの感覚が、風化を「歯止めするもの」として在り続けたのではないか。つまり、済州島四・三事件の死者たち、そして死者たちに内在する怒りが風化を歯止めし続けてきたのではないか、と。

再び、翻訳の現場へ

今日のシンポジウムのテーマである「もうひとつの日本語」というものを、「なぜ日本語で書くか」「日本語で書くとはどういうことか」を問い続けてきた金石範先生の文学にもとづいて考えた場合、このようにいえると思います。「もうひとつの日本語」というのは、けっして日本語を補完するとか、日本語を盛り上げていくような言葉ではなくて、日本語とは何かを問いつつ、日本語と対峙している日本語のことであると。

それでは、日本語と対峙するとはどういうことか、日本語と対峙してきた金石範文学とは何か。具体例を挙げながらお話ししたいと思います。最近、金石範先生が書かれたエッセイがあります。今年（二〇〇八年）の『すばる』二月号に掲載された文章です。発表されたばかりのものではないのですが、言葉がまだまだ生々しいので、先生の前で朗読するのは非常に心苦しいのですがしかし、先生が「なぜ日本語で書くか」「日本語で書くとはどういうことか」という問いと共に日本語と対峙してきたこととは、詰まるところはこういうことなのだということを具体的に示したいので、あえて朗読させていただきます。

エッセイのタイトルは、「私は見た、四・三虐殺の遺骸たちを」です。いま韓国では、済州島四・三事件をはじめとして、朝鮮戦争時およびその前後に起きた民間人虐殺の真相究明が進められると同時に、遺骨発掘調査が行なわれています。済州島での遺骨発掘調査の現場に金石範先生が昨年秋に行かれ、そこから戻って来られた後に書かれた文章の一節です。

私は遺骸が横たわる現場では泣かなかったが、いま涙が出る。鼻先が疼き、口もとが醜く歪んで、歯を食いしばっても、涙が隙間を突いて吹き出そうとし、私は声を殺して、両肩が震えて、嗚咽する。済州島ではなく、こちらへ帰ってきて泣く。持ち帰った記憶が泣くのだ。悲しいのではない。嬉しいのだ。六十年が経って、地上の光を見る地底の遺骸たち。しかし嬉し涙ではない。喜びの涙ではない。死者たちの悲しみの記憶の涙、怒りを呼ぶ涙だ。（金石範b、一七一頁）

私はこのエッセイを読んだとき、圧倒されました。とりわけ、いま朗読した段落を読んだときには、崩れました。この崩れる感覚を必死になって私は言葉にしようとするのですが、言葉にできない。それでもあえていえば、こんな日本語を読んだことがない、ということです。たとえば、「しかし嬉し涙ではない。喜びの涙ではない。死者たちの悲しみの記憶の涙、怒りを呼ぶ涙だ」にある、「怒りを呼ぶ涙」という涙についての表現を、私は今までに読んだことがない。日本語で読んだことがないばかりではなく、朝鮮語でも、ほかのいかなる言語の文学でも読んだことのない表現なのです。非常に読みづらい。しかし、非常に読みづらいものでありながら、どうしようもなくスゥッと入ってくる。そして、それは私の日本語を撹乱し解体する。けれども、そのことによって日本語を瑞々しく再建する。

「怒りを呼ぶ涙」、私はとくにこの表現にこだわりたいです。この表現は、一九七〇年代から一貫して、金石範先生が「なぜ日本語で書くか」「日本語で書くとはどういうことか」を問いながら、日本語と対峙してきたからこそ、紡ぎ出された言葉であると思うからです。いうなれば、この表現は、金石範先生が問い続けてきた「なぜ日本語で書くか」「日本語で書くとはどういうことか」という問いのひとつの到達点ではないでしょうか。むろん、先生はまだまだ現役でいらっしゃるので、とりあえずの到達点なのですが、この地点から再び七〇年代初めに書かれた次の言葉を読み返すとき、金石範文学とは何か、その像が具体的に浮かびあがってきます。

日本的なものに自分がなっていくという危険を僕自身も感じるんですけれども、それをどういうふうにして止めることができるか。たとえば、日本語に食われてもいいわけですけれども、日本語に食われて、しかも、日本語を反対に自分から食っていくというような、そういう操作ができないのかどうか。（略）僕はこの呪縛は解くことができるという結論に持っていっているんです。その場合一つは、異なる言語間における互いに翻訳できる条件は何であるかということが問題になり、それからもう一つは、実践とかかわるところの作家主体の自由の問題があるとみています。（金石範a、一三二〜一三三頁、傍点部引用者）

すでに一九七〇年代初めに予感されているように、金石範先生にとって日本語で書くという行為は、日本語に食われながらも日本語を内側から食い破る行為として、「ことばの呪縛」に縛られながらも「ことばの呪縛」を解く行為として在り続けてきました。その証として、「怒りを呼ぶ涙」という表現があります。しかし、もっと重要なのは、「ことばの呪縛」を解くうえで、「異なる言語間における互いに翻訳できる条件は何であるかということが問題」であると述べているように、先生にとって日本語で書く、日本語を内側から食い破る、「ことばの呪縛」を解く行為が同時に翻訳の問題と関わっているということです。

済州島四・三事件を朝鮮語ではなく日本語で創作されていること自体がそうなのですが、そもそも金石範先生は創作者であると同時に翻訳者でもあり、ですから、金石範文学とは、翻訳でもあり創作でもあるところのもの、いわば「翻訳的創作」と呼ぶべきものです。それでは、翻訳的創作としての金石範文学はいったい何を「条件」にして済州島四・三事件を翻訳することができたのか？

飛躍を恐れずにいえば、それが「怒りを呼ぶ涙」だったのではないでしょうか。「怒りを呼ぶ涙」とは、金石範先生が済州島四・三事件を日本語で翻訳的に創作されるその現場に常に在り続けてきた感情であったのではないかと想像します。「怒りを呼ぶ涙」と言葉化される前から先生の内に在り続けてきたその感情が、日本語という言葉を溶かし、済州島四・三事件を翻訳可能にさせたのではないか。

私がそのように想像するのは、「それ」をこれまでに何度もこの眼で目撃してきたからです。虚構としての小説が現実よりももっと現実的であるように、済州島四・三事件を書き続けてきたことで、実際に虐殺の現場にはいなかったけれども誰よりも現場に居続けてこられた金石範先生が、済州島四・三事件について語られる際、嗚咽とともにいつでも溢れ出てくる「それ」です。私は「それ」が溢れ出てくるその瞬間瞬間、黙って先生の姿を見守るか、黙って下を向くしかありませんでした。たまらなく悲しく、たまらなく苦しい。先生も、私もまた、その瞬間瞬間に言葉を失う。しかし今、言葉を失ってきたその瞬間瞬間に対して「怒りを呼ぶ涙」という表現を与えてみる。すると、その瞬間瞬間に溢れ出てくる「それ」が何であったのかがはっきりとわかる気がします。「それ」はすなわち、済州島四・三事件の現場にいるものの顔であり、済州島四・三事件の死者と私をつなげる感情、その言葉以前の言葉なのだと。

最後に再び、翻訳の現場へと戻ります。今一度、ベンヤミンの言葉に立ち戻って、翻訳者として求められる態度を参照し、それを金石範先生の翻訳者的な創作態度と重ね合わせながら、翻訳的創作としての金石範文学とは何かを翻訳したいと思います。

翻訳者の課題は、翻訳言語のなかに原作のこだまを呼びさまそうとする志向を、その言語への志向と重ねるところにある。この点に、創作とはまるで違う翻訳の特徴がある。なぜなら創作の志向は、けっして言語そのものに、その総体性に向かうものではなくて、もっぱら言語内容の特定の関連へ直接に向かうものなのだから。翻訳はしかし、文学作品がいわば言語の内部の山林自体のなかにあるのとは異なり、その山林の外側に位置して、その山林と対峙している。（略）創作者の志向は素朴で初原的で具象的であり、翻訳者の志向は派生的・究極的・理念的なのだ。というのも、多くの言語をひとつの真の言語に積分するという壮大なモティーフが、翻訳者の仕事を満たしているのだから。

（ベンヤミン、八二頁、傍点部引用者）

それは金石範先生が創作者であると同時に翻訳者であることの証左でもありますが、「翻訳者の課題」をめぐるベンヤミンの命題と隣り合わせるとき、翻訳的創作としての金石範文学の在り方は鮮明になります。すなわち、翻訳的創作としての金石範文学（＝翻訳者）の課題は、日本語（＝翻訳言語）のなかに済州島四・三事件（＝原作）のこだまを呼びさまそうとする志向を、日本語（＝その言語）への志向と重ねるところにある。ここで、日本語（＝その言語）への志向とは、いうまでもなく、日本語と対峙しているもうひとつの日本語のことです。

このように、金石範先生は創作者であると同時にあくまでも翻訳者なのですが、そのことと同義として、またベンヤミンが言う翻訳者における「多くの言語をひとつの真の言語に積分するという壮大なモティーフ」の実践的な表現として、翻訳的創作としての金石範文学は、済州島四・三事件の死者と日本語話者の読者をつなぐ言葉――「怒りを呼ぶ涙」――を日本語として創っている。この言葉を創る行為こそ、先生が七〇年代初めに予感されていた「作家主体の自由」、「ことばの呪縛」が解かれる時であり、結論としては地味なのですが、元来、それが文学というものの在り方、文学者として求められる態度なのだと思います。

むすび

私はまだまだ駆け出しの文学者に過ぎないのですが、金石範先生の一九七〇年代の問いを、その後ずっと問い続けてこられたその問いを継承したい……、いや、継承します（！）。

金石範先生は七〇年代初め、「ことばの呪縛」という主題のもとで、「なぜ日本語で書くか」「日本語で書くとはどういうことか」を問われました。その問いの根底には、日本に帰化するものが増えていくなかで在日朝鮮人が風化してしまうことへの焦り、日本語でしか小説を書くことができなかったご自身の在り方から、日本語で書くことで自分が風化していくのではないかという焦りがあったのだと思います。

しかし、その後の金石範文学の軌跡を辿ったとき、また済州島でいま遺骨発掘調査がなされ、ようやく六十年前の済州島四・三事件の虐殺現場に辿り着いた韓国社会の現在、いうなれば、これは「野戦之月海筆子」の秋公演『ヤポニア歌仔戯《オペレッタ》　阿Q転生』のテーマでもあるのですが、六十年もかけてようやく六十年前に辿り着いた、この時間の流れをひとりの朝鮮人として受け止めたとき、私は、七〇年代初めの金石範先生に対して、「そんなに焦ることない」という言葉をかけたいです。

そしてまた、李箱が一九三七年に東京で亡くなって、死後七十年も経ってようやく彼の作品集成が日本語に翻訳され届けられたこと、七十年もかけてようやく七十年前に辿り着いた、この時間の流れを受け止めたとき、けっして朝鮮は死なないし、言葉の命脈というものも絶えることはないのだということを、金石範文学の軌跡や、私の文学、そして遺骨発掘調査が進む韓国社会の現在を見ながら、言っていけるのではないかと確信しています。今日、在日社会はますます分断されながら、日本に帰化する人も増えていますけれども、それは数の問題ではないと思います。すみません、時間になりましたのでこれで終わります。ご清聴、ありがとうございました。

【引用文献】
李箱a、「翼」（崔真碩編訳『李箱作品集成』、作品社、二〇〇六年）
李箱b、「翼」（長璋吉他訳『朝鮮短篇小説選』（下）、岩波文庫、一九八四年）
ヴァルター・ベンヤミン、「翻訳者の課題」（野村修編訳『暴力批判論』、岩波文庫、一九九四年）
金石範a、『ことばの呪縛――「在日朝鮮人文学」と日本語』（筑摩書房、一九七二年）
金石範b、「私は見た、四・三虐殺の遺骸たちを」（『すばる』二〇〇八年二月号）

いかんともしがたい植民地の経験……佐藤泉

森崎和江の日本語

一方に支配し抑圧する支配者、他方に支配され抑圧され排除される人々がいて、その間にあいまいなもののない被害加害の図式が可能であれば、植民地主義がもたらした思想的なテーマはずっと単純なものになっただろう。私たちは躊躇なく被害の側にたって正義の回復を要求することだろう。ただ、十年以上前のこと、文芸評論家の加藤典洋が「二千万人のアジアの死者」と「この国のために死んだ三百万の死者」を分け、そのうえでどちらの死者を先に悼むかという争点をたてたことがある。[★1] これなど誰でも躊躇なく被害の側に立つわけでないことを示した事例に違いない。ただしこの議論を可能にしたのもやはり被害加害を明瞭に分割する図式であり、それが自明の前提となっていなければ、どちらが先かは問えないだろう。しかし実際には、日本の侵略戦争は植民地の人々をも巻き込んで進行していた。[★2]

例えば連合軍捕虜に対する日本軍の野蛮な虐待のことであれば泰緬鉄道（タイ―ビルマ間）敷設に取材した「戦場にかける橋」（一九五七年）、「エンドオブオールウォーズ」（二〇〇一年）といった映画を通してよく知られている。が、この件に関する連合国の戦争犯罪法廷で有罪となった一一一名のうちの三三名、さらに絞首刑になった三二名のうち九名は朝鮮人の軍属だったことについては、あまり知られていない。「朝鮮人戦犯」や遺族による訴え、それに応答する内海愛子氏らによる朝鮮人戦犯の調査研究がもしなされなかったなら、私たちは依然として映像スペクタクルの枠内でこの事件を記憶していたかもしれない。連合軍と日本軍との間の「戦争」という視座において、日本軍内部の「植民地主義」は表象不可能となるのである。ここの問題は、「戦場にかける橋」の視座ではなく、戦後の日本社会がこの視座を内面化したということである。「二千万」と「三百万」のどちらを先にするかを論議するまえに、その問いを可能にしている図式を問わなければなるまい。内海愛子氏によれば、BC級戦犯として起訴された約五七〇〇人のうち、朝鮮人一四八人が有罪となり、そのうち二三人が死刑になっている。[★3]彼ら、軍事裁判で裁かれた朝鮮人軍属は「二千万」に数え込まれるのか、それとも「三百万」の方なのか。

現在も靖国神社には少なからぬ数の植民地出身の「皇軍兵士」がまつられている。首相の靖国参拝が国際問題化していた二〇〇五年、『出草の歌　台湾原住民の吶喊・背山一戦』（監督・

井上修）というドキュメンタリーが作られた。台湾原住民の権利回復運動と「祖霊奪還」を軸とする靖国違憲訴訟を追跡した作品だが、カメラはもっぱら抗議と一体となった彼らの音楽、原住民各部族が伝えてきた歌に向けられている。音楽グループ「飛魚雲豹音楽工団」は、部族の古老から文字のかわりに歌を聴き伝え、それを武器に少数民族運動を続けてきたという。幽遠でなおかつ洗練された一曲をそれぞれの部族の歌手が歌うときの、その誇り高い立ち姿は大地の上の厳粛な儀式さながらだった。彼らにとって靖国神社は植民地支配の終焉後にもなお祖先の魂を閉じこめ続ける檻なのである。

この映像のなかで私たちを動揺させるのは、彼らの抗議行動の内に折り込まれた「日本語」をさまざまな場で拾い上げた箇所である。複数部族からなる原住民グループは、日常的なコミュニケーションの場で部族語、中国語、そして日本語を使う。祖先を閉じ込めてはなさない靖国に抗議する際にも日本語が使われるが、この日本語は日本人に聞かせるためであるとともに、とくに高齢の方たちにとっては凍結保存された他ならぬ「国語」でもある。それは「光復」と同時に消えるものではなかった。「勝ってくるぞと勇ましく」以下四番まで正しく歌う老人が登場するワンシーンもあった。

植民地主義以後の時代は、植民地主義に抗議するときでさえ、人々はいかんともしがたい過去を抱えて、そこから出発する。靖国訴訟に携わる台湾の、朝鮮の遺族たちは、犠牲者の魂が加害者の列に加えられていることをこの上ない屈辱と感じている。この妥協なき誇りと「いかんともしがたさ」は互いに矛盾するのかもしれない。だが、ポストコロニアルの思想の支柱にあったのは、矛盾する両者の接合、それ自体いかんともしがたい接合ではなかったか。しかし彼らの歴史を彼らから奪い、他者の歴史を強いてきた日本の側ではこうした構造にどのように向かい合えばいいのか、十分な深さで考えてきたとはいえない。

鋳型

「私は顔がなかった」と森崎和江は書いている（「わたしのかお」『アジア女性交流史研究』一九六八年七月）[★4]。もちろん手でさわることのできる顔はあるのだし、森崎といえば「〝息を呑むほどの美人〟」という評判さえあるのだが。[★5]

森崎和江は一九二七年四月、植民地支配下の朝鮮、慶尚北道大邱《テグ》に生まれ、十七歳で日本に「留学」するまで朝鮮で育った。彼女の父親は、大正期の青年の知的傾向を思わせるリベラルで普遍主義的な理想を抱いて——もちろん当時は「外地」教員は高額の給料を約束されていたにせよ——、植民地朝鮮の青年たちの教育に献身した。正しく言うなら、皇民化教育を現場で実施する立場にあった。植民地宗主国の娘・森崎は、ほぼ全く日本を知らない日本人として成長し、朝鮮・慶州《キョンジュ》の風土のなかで自分の基本的感性を成型した。のちに彼女は、自分は朝鮮を「鋳型」として作られた存在だと書いている。

顔がないというのは、自分を育んだ土地からいまは切り離されていることを意味し、自分がそれを養分にして成長したその土地はほかならぬ自分の国が奪いとって支配した植民地だったという事実を語っている。森崎がこうした形で自分を語る場合、いつでも正確に語ろうとし、そのために言葉が詩語にならざるをえないことに注意を払っておきたい。「鋳型」というのは高度に正確な詩語である。朝鮮はそのままの姿で植民地支配者の娘の前に現れたりなどしなかった。それは、敗戦から二十年を経て分かったことである。自分がその懐で育ち、限りなく愛したものは、そのままの姿の朝鮮、人々の民族性そのものではなくして、「実は彼らの民族性の裏返されたものであったろう」(「故郷・韓国への確認の旅」『婦人公論』一九六八年八月)。型どられたものと鋳型とはぴたりと隙間なく張り付いているが、相互の凹凸は裏返しの関係になっている。自分が他者を鋳型として成型され、しかもそれが裏返しの他者だったのであれば、自分には起源とよびうる起源はなく、自分は自分にとって二重に他者である。「私は自分の顔にさわると、その鋳型となった朝鮮のこころに外からふれている思いがする。外からさわりうるだけである。」(前掲「わたしのかお」)

そして、植民地朝鮮に型どられた自分は、八・一五——これもまた敗戦／解放という鋳型のあり様を鮮烈にさし示した日付に他ならない——とともに、鋳型から剥離して、そのまま遠ざかった。戦後の日本で森崎は顔をもたない時を過ごす。「敗戦後二十年、私は私の鋳型である朝鮮を思うたびに、くだらなくも泣きつづけた」。自分が泣きつづけたとして、朝鮮人にとってそれがなんだろう。その嘆きが加害者の無自覚にすぎないとすれば、徹底的に無意味であり「くだらない」と言うほかはない。

彼女は一九一九年の三一独立運動も一九二九年の光州《クァンジュ》抗日学生事件も知らなかったと、後から振り返る。何ひとつ理解しないまま、何ひとつ選びとったわけでなく、自分はそこで自分となった。だから自分は罪なき子供であり、むしろ歴史の被害者だったというのではない。「自分の出生が——生き方でなくて生まれた事実が——そのまま罪である思いのくらさは口外しえるものではない。」

森崎の個体史と日本の植民地体制の歴史とは分離不可能の様態で綯い合わされている。にもかかわらず彼女にとっては「個体の歴史をさておいて頭にえがくことができるアジア史・世界史のほうが鮮明」であり、また「朝鮮の民衆や農民や学生がたどった植民地闘争の書物上の歴史のほうが明確」だった。奇妙な歴史感覚というべきだろう。大文字の歴史は明瞭に理解できるが、しかしそこには自分自身の個体史を書き込む場所がない。

戦後の意識は、植民者を侵略者としてカテゴライズし、そこに個別の心情を認める必要を感じなかった。戦後日本を戦前日本から切断し、正しく戦後たらしめようとする意識において、過去の侵略の歴史は疑問の余地なき悪である。そしてこの認識は保留なく正しいというべきだろう。なぜなら、実のところ「戦後」意識はそれほど「正しい」わけではなかったからだ。戦後日本は、戦前の支配原理である天皇制を形をかえて維持しつづけ、したがって結局これまで一度も自らの内に残存する「戦前」を掘り起こし対象化したことがなかった。現在もアジア侵略と植民地支配の歴史を肯定してはばからない発言が公然となされ、しかもそれが日本社会の中で一定の支持を集め、さらにそこには教科書的な歴史観に対する「抵抗」と、ひとつの思考の枠からの「解放」という意味までが付与される。「戦後」の倒錯はかくまで深いというべきだ。そしてそれが戦後の実際だったとすれば、戦後の「規範的」な歴史認識を安易に冷笑することはできない。ただ、それが硬直した定式のように感じとられているのであれば、やはりそのディスクールを問い直さないわけにはいくまい。村松武司は「多くの植民者がいたにもかかわらず、いまその歴史が近・現代史から欠落している。このまま放置すれば彼等の歴史はうしなわれてしまうであろう」という危機感をもって、自分の祖父を材料にしてその歴史を書こうとした。彼らを「侵略者」と呼ぶのはたやすいが、それでは侵略を実際にすすめた日本の民衆の姿が虚像にかわってしまうと考えたのである。★6

大文字の歴史はその渦中にあって個々の生を生きた人々の体験の質とどのようにして関係する／しないのだろうか。「私は顔がなかった」という森崎和江の言葉に立ち返るなら、それは明瞭な歴史像のなかに場所を与えられないまま放置された個体史をそれでもなお虚数として語りはじめようとした言葉として理解できるのである。

そして結局のところ、彼女の経験は特別なものではない。敗戦時点で、朝鮮南部に約五〇万、北部に約二七万人の日本人がいたと言われている。このほか「満州」からの避難民が一二万。森崎と同じ世代の植民地生まれの日本人は少なくない。村松武司がその消滅を危惧した個体史、「大国主義的な侵略者」として一般化されがちの個体史がそれだけの規模で存在している。敗戦と引き揚げの混乱をさまざまな度合いで潜りぬけたであろう彼ら彼女らが、さらにそれ以前の記憶を振り返って顔なき者の哀しみを哀しんだか、それとも子供の時をすごした「故郷」へのノスタルジーに誘われたかは別としても、植民地から「内地」へ、巨大な奔流となって移動した日本人とその二世の経験をまるごと取り落としたなら歴史はその厚みのいくぶんかを失うことになる。より重要なのはその厚みが一国単位の歴史に収まるものではないことだ。失われるものは歴史の対話の契機であるかもしれない。

植民二世の日本人の娘と同じ子供の時代を、朝鮮人の子供もその場所で経験していた。彼ら彼女らのそれぞれ個体史は、同じひとつの植民地体制の厚みの内に——ただし鋳型の裏表の関係をなして、ともにある。支配と被支配の立場を一まとめに語ることなどできないにもかかわらず、植民二世の個体史がそうだったのと同様、同世代朝鮮人の個体史にもやはり後年の歴史において意味付け困難な部分が横たわっていたのではなかっただろうか。森崎和江の「くだらなくも」無意味な個体史は、ここで歴史の通路たりうるように思う。そのいかんともしがたい経験は、植民地主義の歴史経験を考えるうえで、そこからなおなけなしの何かを汲みとることができる質をそなえているのではないか。のみならずその思想化を断念しなければ、ある普遍性の次元さえ備えているのではないか。

植民地の日本語

支配者の娘森崎は、朝鮮にあっても一貫して「日本語」を使った。彼女の日本語は、朝鮮人の子どもたちが学校で習う日本語と「同じ」ことばだった。「それは方言のない学習用語で、標準語と言っていた」[★7]。植民二世の子どもの日本語は日本語を強いられた朝鮮人の子どもと同じ、生活のない人工語だった。生活がなくなまりがないだけではない。「「ネエヤは十五で嫁に行き、おさとのたよりもたえはてた」という赤トンボの唄は、もちろん私を負ってくれたチマ姿のネエヤ」であり（「わたしのかお」）、また「おじいさんは山へ柴かりに、おばあさんは川へ洗濯に、という話は、私には朝鮮服を着た朝鮮のおじいさんおばあさんの行為としてしかえがけないのである」（前掲「故郷・韓国への確認の旅」）。もちろん、娘姿の鶴が嫁入るのは、白衣にチゲをかついだ朝鮮人の若者である。「そうでないと物語のこころが読めない」。しかし「私は、物語のこころをたのしんでいるうちに、ふと、われにかえる。そうして、しばし、もやもやを味わわねばならぬ。」（前掲「わたしのかお」）

一方、植民地朝鮮の子供も、やはり日本の「物語のこころ」を楽しんでいた。詩人の金時《キム・シ》鐘《ジョン》は森崎和江と二歳ちがいで一九二九年に朝鮮の元山に生まれ済州島で育った。「朝鮮人の私が朝鮮語を朝鮮でなくした」のは小学二年の時だったが、優秀な皇国少年だった彼は、それを喪失とも哀しみとも感じることを知らなかった。日本人の教師が「桃太郎とか金太郎とか、兵隊さんの戦いぶりとかを、黒板いっぱいに色とりどりの白墨で絵を描きながら話してくれるので、それまでにあった「朝鮮語」の時間も、たいていは私達が望んで、この先生の身ぶり手ぶりの面白い話しに振り替えてもらっていた。★8」

日本の昔話を聞きながら、朝鮮の少年がこころに描いていたのは、おそらく日本人の娘が思い描いたのと同じ、白衣の朝鮮服をきたおじいさんとおばあさんだったのだろう。両者が日本の昔話から抱いたイメージが全く同じだったかもしれないその可能性に、私たちは慄然とする。

さらに「全く同じ」であったとしても、そこにはやはり「鋳型」の関係、隙間なき差異が横たわっている。かつて朝鮮の子供の前に差し出されたのは日本の童謡、文部省選定の唱歌だった。押しつけられたとさえ知らず「夕焼け小焼け」を唄うとき、「歌の情景とはほど遠い朝鮮の風土は、私の心からずんずん離れていかざるをえなかった」。彼の「夕焼け小焼け」は、カラスといっしょに帰る方だろうか、それとも赤トンボの方だろうか。後者であれば、金時鐘と森崎和江は、実際に出会うこともないまま同じ時期の朝鮮にいて、「ネエヤは十五で嫁に行き」を歌っていたことになる。森崎はその歌から「私を負ってくれたチマ姿のネエヤ」を切り離すことはできず、金時鐘は朝鮮に身をおいたまま、その風土から引き剥がされていった。一般的には底の抜けたような郷愁を呼び起こすはずのこの歌が、彼らにとっては、それと意識することを封じられたままの自己分裂をもたらしていた。

敗戦と前後して日本に戻った森崎は、見知らぬ日本に強烈な違和を感じる。金時鐘は、故郷の風土のなかに身をおきながらその風土を失わせるにいたったその歌を、そのうえ失い、子どもだった自分の時を失う。彼の歌った童歌は「無心に唄う幼い日まで失くしてしまった「歌」」だった。幾重にもかさなる矛盾を折り込んだこの「喪失」の体験は、それゆえ夕日の色をした郷愁を受け付けるものでなく、むしろ虚無に近いなにかを作りだしつつそれ自身に刻みつけられる過程だったのではないか。

金時鐘の「日本語」は「私の意識の底辺を形づくっている私の思考の秩序」となった。[★9] 植民地体制に対する面従腹背の姿勢を知っていたなら、後年、抵抗と解放の物語のなかに自分の個体史を位置付けることも可能だっただろう。が、「しんそこ信じて努めたればこそ、私の〝植民地〟は根が深い」。なにより日本人になろうとしない父にそむくことを通してでなければ日本人にはなれなかった。が、そんな「小さい魂の喘ぎなど、植民地の歴史をどのように繰ったところで見えはしない」。ここにもまた父の歴史、民族の歴史から弾かれてしまう自分の個体史への、切るような意識がある。

日本語を空気のように、魚にとっての水のように自然な環境とするものには、その日本語に内在する距離を測定することができず、その難解さがどのような質の難解さであるのかを理解することがまず第一には困難である。ここでは、それをいくらかでも想像するための通路として、森崎和江の日本語をくぐろうと思う。恐ろしいのは、可能と思われる唯一の通路がとりもなおさず植民者の娘の日本語だということだ。

同じ朝鮮の時空で日本語を吸収した森崎／金時鐘は、一方は奪った側の娘として、一方は奪われた側の息子として、逆の方向から、しかしともに深々と植民地を生き、そして大文字の歴史に書き込みえない個体史を背負いこんだ。そしてその個体史の感覚を「日本語」に対して差し向けるべき問いとして、かろうじて形にした。「私は日本語をつかいながら、そのことばのもつイメエジのほとんどを朝鮮化して用いてきた。その集積から全くのがれ去ることは、もう私には不可能なのである」(「わたしのかお」)。彼女の日本語は、日本語に対する距離なき距離を内在させており、そのただ中で分裂している。そして、この分裂を痛みと呼ぶにしても、植民者自らがまねいた痛みというほかない。正しい歴史は、この点に関して単純でも冷淡でもあり、またそうあることを必要とする。ただ、歴史が国家の歴史と個体の歴史のこうした裂け目を回避できないかぎり、個々の痛みはつねにどこかに滞留することだろう。そして、既存の歴史記述が黙殺した残りものを自らの養分として捕獲すべく、歴史修正主義の欲望がいつでも待機している日本社会にあって、この残留物はいうまでもなく危険物である。

大文字の歴史が取り落とす、いかんともしがたく無意味な個体史から、それでもなおなにか汲み取ることは可能であろう。が、その可能性は、歴史修正主義の資源として一国史の叙述を強化するのでなく、逆に主権の思想とは領土を確定するばかりか、ひとつの家族、個人の内部を断ち切り、ひとつのことばをその内で切りきざむものだったことを可視化する方向へと向けられてしかるべきだ。そのために、やはり「鋳型」のことを思いおこし、その力をかりる必要がある。自ら失った幼い日を語る金時鐘の言葉もまた、顔をあげて語ることはできないという痛みに充ち満ちていたのだが、こうした個体史とともに、その傍らで歴史の作業がなされるのでないなら、個体史の可能性はふたたび国家のディスクールへと封じこめられてしまうことだろう。あとに残るのは、自己愛的に修正された擬似歴史か、よくても無関心と区別できないような謝罪の形骸だろう。

共同体成員であれば問う必要もなく自然に共有される「物語」に身をまかせようとする、その瞬間、どこからやってくるのかわからない違和感に襲われる。森崎は、コメとムギの区別ができず、区別できていないことに気付く立場にもいなかった。日本を知らない日本人、植民二世の感性のうちに、なにか不気味なものがある。そのことに気付くのは、朝鮮に対する文化的距離を測るための基点を自分のなかにもっていた両親である。彼らは自分らの娘を見て、日本の文化が日本人にとってなんら自然ではないこと、習って覚えるものだという事実に改めて気付く。これ以降、森崎の家では四季の節句の行事などを意識的に行なったが、むろん「自然さ」はそのぶんだけ遠ざかっていったことだろう。「私は、ここで、このくにで、生まれながらの何かであるという自然さを主観的に所有していなかったのである。」★10

森崎は日本生まれの日本人と同様に、戦中戦後を通して「日本語」を使った。その感性を分節し思考に構造を与えたかけがえのない言語は、彼女の国のことばである。しかしその何ひとつ奪われていない日本語は、単一言語使用者の言葉のただなかで、その脱構築がいつでも起こっているということを生々しく告げる事例となっている。自然な感受性といわれるものが自然であったことなどなく、自分の思考を秩序付けた一つの言葉は、朝鮮の少年が父にそむいて吸収したのと同じ「標準語」、すなわち習って覚えた人工語と「同じ」であり、他者の言語そのものだった。植民二世の「日本語」は帝国日本の植民地体制が生んだ特殊歴史的産物である。だが森崎が、その特殊性を彼女の生の、個別の次元で引き受けた地点で、それは逆にあらゆる言語的主体に対して突きつけられる根源的な疑問符へと転じている。この転化のプロセスがどれほど稀有な出来事であるかを、ここでは強調しておきたい。

日本人に同一化していない主体による日本語の言語実践は、ある言語が国語と呼ばれ、ナショナルアイデンティティと結びつくような回路を破砕する。それは「日本文学」という用語のように、文学が国の名前を冠して呼び慣わされる習慣に対し、現代文学が突きつけるもっとも先鋭的な思想にほかならない。その一方で、経済主導のグローバル化の趨勢とともに、あるいはその文化的上部構造としての多文化共生の言説とともに、一国文学の重さをすり抜ける「日本語文学」の越境イメージが、ナショナリズムを超える軽やかな足取りとしてポジティブに語られるようになってもいる。しかしながら、こうした文化相対主義がまだこの社会のどこにも見られなかった時期、金石範氏が「日本語文学」という用語を掴むまでの足取りは、軽快な越境の経験として通分できるようなものではまったくなかった。★11 氏が、自らを呪縛する日本語に作家として向き合わざるをえないプロセスで、その理論化の作業の中から掴み取ったのがこの用語であるとすると、はたして現在、自分自身がこの言葉を使うことのできる地点にまでたどり着いているのかを思う。「日本文学」の環境をもっとも強い力で揺るがせてきたのはいうまでもなく在日朝鮮人表現者の日本語だが、その「日本語文学」はなによりそれ自身を生み出した植民地体制の歴史構造を指ししめしてきたのである。「日本語文学」という用語に当初はらまれていた歴史の緊張を、改めてこの語の内へと差し戻すことが、まず「日本文学」的環境に身をおくものにとって課題となるだろう。

金時鐘氏がそうだったように、支配者の言葉である日本語を、脱ぎ着できる衣服のようにではなく、自らの思考の秩序、生活感情の格子にまでしてきた植民地の子どもにとって、八・一五解放は日本語からの解放を同時に意味するわけではなかった。日本語は解放後もなお思考と感情を規制するコードとして彼らの内に住みついている。自分の内に植民地支配の暴力が刻印されている以上、日本語でなされるほかない彼らの自己表現は、現代のグローバル化が要請する「共生」の具象化として一般化できるものではあるまい。その日本語が事実として「国民国家の論理から自由」だとしても、少なくともその日本語を歴史的に作りだした国の主権の保護の下にある者がその日本語を新しい文化として消費するわけにはいかない以上、それを読むための場をさぐらなければならない。その「日本語」に折り込まれた歴史を読む位置とは、ではどこなのか。

この地点で、植民二世の徹底的に意味のない歴史経験は、必然的にそこからずれた別の場で意味を回復する。森崎は「ネエヤ」や「オモニ」、父が教えた青年たちに出会いなおしたいと切実に願い、しかし自分が彼らと同一の場にいた時でさえへだたっていたことを深く理解していた。そして「戦後」も同じ日本語を用いて日本に住みながら、その日本に対する違和感と嫌悪に苛まれていた。日本語の内に内在する差異を聞き取る特異な耳の作業、「聞き書き」[★12]という言葉の協働作業を森崎に発見させたのはその切迫感だったと思われる。これについては別に論じなければならない[★13]。この言葉の協働をへて『奈落の神々――炭坑労働精神史』『からゆきさん』[★14]といった独自の言葉のジャンルを作り出し、並行して「にほん語」の特異な思想を編み上げた。たとえば、「地上のことば」に翻訳不可能の坑夫らの世界とその言語意識は、次のように聞き取られる。

「そして彼らが炭坑体験を語らないのではない、語りたくて血が噴いていてそれでも語りたい映像は地上のことばに代えると崩れていくと言っているのを感じとる。」「彼らほどことばの神髄を感じとり、その中核で生きつつある者は少ない[★15]。」

言葉が一つの文化体系であり、肉体の体験もまたその枠内で分節される。この意味で言語はたった一つのかけがえのない言語であり、なおかつ自然のレベルに帰されるものではない。森崎自身の言語も日本人の日本語、日本語しか持たない主体の日本語でありつつ、しかしその

「自然」さをそれ自身の内で解体するものだった。ユダヤ人を両親として植民地アルジェリアで生まれ、フランス語使用者として育ったフランス人（ただし、一時期はフランス市民権を剥奪された経験をもつ）ジャック・デリダが「私は一つの言語しか持っていない。ところが、それは私の言語ではない」と逆説的に書いた。★16 森崎の仕事をことさら「日本語文学」という必要はない。その「日本文学」の内にさえ走る亀裂は、この逆説に内在する普遍性を告げ知らせている。

森崎の父親は敗戦の秋、日本に引き揚げ、公職追放ののち福岡の県立高校に勤務し、在職中に亡くなった。それから半年ほど後、大学に在学中の弟が自殺した。森崎と同じ生活のない日本語を使う日本人であり、やはり自分には故郷がなく、どこにも結びつかないと感じていた彼は、あるとき結婚して子どもに乳をやっている森崎に、女は子どもが産めるからいいと言った。生んだ子供が日本で育ち、その子を通して生んだ自分が日本につながる。子どもを「母のように」思うことができるという錯綜した時間の通路が可能であるから、「女はいい」と言うのである。

故郷・母・血の接合、その自然化によって成立するナショナリズムの論理は、痛切というほかないこのエピソードにおいて、ことに母を孕むという異様な幻想のなかで、継ぎ目をはずされ失調してしまう。しかし、植民二世のいかんともしがたい非自然性を掬い取るのは、血の回復、自然な帰属意識の回復などではなく――そもそもそんな通路はこの姉弟にとってあらかじめ不可能である――「通うことば」だったはずだと、彼を失くした森崎は考える。「わたしは弟の死について、韓国の知人に語るすべがない。が、その思いは、日本人に対しても同じであった。もし、通うことばがあったなら、彼も踏みとどまったろう。」★17

「通うことば」を創りだすことができないまま、弟は死んだ。そして戦後二十年もの間、日本は解放後朝鮮との間に国交をもたず――朝鮮民主主義人民共和国に対してはいまだ敵視政策をとり続け――、したがって植民地支配の責任を自らに対して問う作業としての脱植民地化の経験＝思想的機会を自ら取り逃がしてきた。森崎個人は、自分を作った鋳型と再び出会うすべを失い、今いる場所で片方しか生きていないと感じ、自分の個体史を理解することができなくなった。そして、日本と朝鮮の双方に、奇妙な「日本語」がひそかに残された。

日韓条約後の一九六八年、森崎は亡くなった父の代理で、父が初代校長を務めた慶州中高等学校の開校三十周年記念式典に招待され、二十数年ぶりの韓国を訪れている。そこには父の教え子たちが森崎の訪韓を待っていた。彼らはかつて日本人の教師を敬愛した記憶を失っていなかった。歴史のこちら側から言うと、朝鮮と朝鮮の若者を愛した父は、だからこそ罪業を深めたことになるのだが。そして森崎の文からは彼らがその逆説を徹底的に理解していたことがわかる。

森崎は彼らに再会し、その日本語が昔のまま「なんのなまりもないことに激しいめまいを覚えた。」「日本に帰って来て、その日本語と同じことばを耳にしなくなっていた。地方はもとよりのこと、東京語も、そして共通語にも地域ごとになまりがあったから、わたしは亡霊となった自分に出会った気がした。」

父の教え子の一人は、彼女の訪韓を「ほんとうに待っていた」という(「訪韓スケッチによせて」『辺境』一九七〇年六月)。この青年は、解放後二十数年が過ぎたというのに、まだ自分の感覚は日本語を話していると言い、森崎に会ってこう尋ねたかったのだと言う。「一生の間にふたつのことばを国語とし得るものなのでしょうか。」

自分のものでない言葉が、自分にとってかけがえのない、たったひとつの言葉である他ないのだろうか――これは、どうしてもとり返しのつかないことの痕跡をめぐる恐ろしい問いであり、植民者の娘にとってこれ以上に過酷な問いはあるまい。にもかかわらずこの問いを内実において理解できるのはただ森崎の位置にあるものだけであり、それゆえ彼女にしか向けることができない問いだった。解放後の韓国に育った若い世代は、日本語だけで育った世代に不信の目をむける。彼の感覚を取り返しようもなく枠付けてしまっている「にほん語」は、彼の国に安定した場を持つ言語ではなく、韓国人に向かってたった一つの言葉をめぐるこの痛みを打ち明けることはできない。彼の内の日本語を理解できるのは、逆の立場で同じ時空を生きた植民二世の娘だった。「彼らが各自に、脱ぎ捨ててしまうことが不可能な体験としている日本の影は、私のように彼ら民族の影からのがれえないものだけが、その噛み合ったあとの深さを計るばかりであろうか。そしてまったく相反した立場での体験の、そのねじれ合った傷あとだけを資産のようにして相対すのである。」(「故郷・韓国への確認の旅」)

解放後の韓国で「日本語」は親日派の印とみなされかねず、また戦後の日本で植民地育ちは帝国主義の実行部隊である。その見方は多くの場合正しく、その意味で正しい。が、ある局面で被害者と加害者が鋳型のごとく相関的だった。そこに内包されている歴史的内容は、後年の歴史記述よりはるかに複雑なものである。

「鋳型」の喩を敷衍しよう。かつて植民地朝鮮という場に被害者と加害者の両者がおり、鋳型と型どられたもののように隙間もなくひとつの場にいた。同時に成型された相互の主体が、敗戦/解放とともに隔てられる。戦後/解放後は植民地支配の終わり、正義の回復を意味するが、しかしそのときから加害者は被害者の顔を忘れ、同時に被害者の顔の裏返しである自分の顔を忘れ、結局、責任の意識を忘れる。こんなふうに正義の回復と無関心とが結託するのであれば、その正しさはすでにいくらか形骸化している。森崎は、分離ののちの無関心は正しいのではなく、正しさの身ぶりにすぎないと考えた。

歴史の犠牲者、歴史の行為者

森崎は「一行の言葉」という文のなかで、「そもそも「侵略」と「連帯」を具体的状況において区別できるかどうかが大問題である」という竹内好の一行に言及している。[18] アジアとの連帯を（主観的に）求めた伝統を近代日本の思想潮流の内に探ろうとする「アジア主義の展望」の中の、問題含みの一行である。[19] 知られる通り、「大東亜戦争肯定論」の林房雄がこれを援用したこともあって、アジア主義の思想をその内側から理解しようと企図するあまりミイラ取りがミイラとなった、という批判も向けられた。森崎はというと、生前一度同席しただけの竹内に対して深い敬意の念を抱いている。彼女は竹内好に手紙でアジア主義についていくつかの質問をし、竹内は森崎に黒龍倶楽部編の『国士内田良平伝』を贈ったという。一般には侵略主義の体現者として知られている玄洋社・黒龍会の領袖の評伝だが、森崎は「心をとらえた「二冊の書」」のアンケートに答えて「竹内好氏の著書」とともに「玄洋社・黒龍会関係の書」をあげている。

竹内は「見方によっては徹頭徹尾、侵略的」なイデオロギーであってもそれを性急に断罪することなく、その内から連帯へ結びつこうとする思想成分を抽出しようとした。この企ては、思想の内容のみならず思想のスタイルとしても特異である。思想史家は一般に、ある思想を全否定もしくは全肯定し、あるいは貢献と限界の分岐点を見極める。だが竹内はそうしたやり方でなく、思想全体を取り上げ、なおかつそこから思想成分の抽出を企てた。「思想からイデオロギイを剥離すること、あるいはイデオロギイから思想を抽出することは、じつに困難であり、ほとんど不可能に近いかもしれない」。しかし「事実としての思想を困難をおかして腑分けするのでないと、埋もれている思想からエネルギイを引き出すことはできない。つまり伝統形成はできないことになる。[★20]」

森崎は竹内の「アジア主義」の継承者ではないが、その思想のスタイルを深いレベルで汲み取ったうえで異なる方向を見出したということができる。そのことばの当初の用法に従って、近代の幕開けの時期に海を渡ってアジアに向かった人々を、森崎は男も女も含めて「からゆき」と総称した。彼女の両親の出身である福岡は無数の「からゆき」たちを輩出した土地であり、いうまでもなく玄洋社もまたその福岡で結成された。リベラルな理想主義者であったという森崎の父親が海峡をこえたのも、やはりこの地の人々が分け持った「からゆき」の系譜を感じさせる。侵略と連帯が浸透しあった無数の歴史経験を土壌として、森崎は生と思想の事実としての複雑さを理解しようとし、なにより植民地支配の罪業と切り離せない自分の個体史の矛盾を記憶の中からやっかいばらいしてしまわないことによって、自身の思想的文体を創った。

その文体は、もちろん、日本は植民地で良いこともした、インフラ整備をやったという類の主張に与するものではない。また、定式化した正しさに対して斜に構えてみせ、露悪的な皮肉を言ってみせようというスタイルとも関係はない。だが、誤解をいとうまいとも言った。森崎にとって自分の個体史はまちがいなく「原罪」であり、父親の生を「無益有害」な生と認識しているが、しかしそうした個体史を黙殺することによって叙述の一貫性を獲得する歴史は、重要な厚みを縮減してしまうと考えた。侵略主義を悪という判断は正しい。だが、それは正しいだけのことであり、思想的衝撃になりえない。それ以上に、おそらく負の問題もそこに胚胎されている。第一に、朝鮮人を植民地主義の被害者、犠牲者として記述することはできても、彼らを抵抗の主体として、歴史の行為者として理解することができなくなる。第二には、形骸化した「正しさ」に依拠して発言する場合、そこで主体の更新はなされない。単に「正しい」ことを言うのは罪悪の認識として浅薄であり、その道徳的判定は道徳をひからびさせることはあっても道徳になにものかをプラスすることはない。

朝鮮の文化と民族語をうち砕くのは残忍である。が、民族語は砕かれつくすことなく、逆に植民二世たる森崎の日本語の根幹に取り憑いた。日本に戻ってからも植民者の娘がその集積からのがれることは不可能だった。戦後の森崎は詩を書き評論を書く日本語の表現者となっているが、その作業は自分の日本語の偏向を見つめ、その中にひそかに仕掛けられた時限装置のような朝鮮民衆の思惑を感じ取り、その限りない優しさの中でまったく同時に展開されていた抵抗の跡を発見していくプロセスとなる。「私の基本的美感を、私は、私のオモニやたくさんの無名の民衆からもらった。だまってくれたのではない。彼らは意識して植民地の日系二世を育てたのである。ようやく今ごろわかる。」

自分が朝鮮によって「作られた存在」であれば、そのような存在を作った朝鮮の人々は歴史の無力な犠牲者ではない。行為主体としての彼らにはなにごとかを行なう空間があり、そこが森崎が森崎となった場である。彼らによって作られた、という受動態で支配者を語ることで、森崎は被支配者の行為主体の空間を他ならぬ支配者の内に開いた。

被害者を被害の相においてではなく「再評価」することは、被害の程度を相対化し希釈してしまう加害者的な鈍感さと紙一重であっただろう。しかし、そう非難されることもいとわないと森崎は書いている。罪責感というなら「ごめんなさい、などではないのである。」「私自身が今あるごとく作られるために、彼女らはどれほどの破壊を経て来たことか」。自分が生まれ育った事実が「理屈ぬきに私を苦痛に閉ざす。」

植民二世と在日二世

朝鮮民衆の行為空間を自分の存在の内に開こうとした森崎は、同時に植民地以後の協働の場を作れないかと問い始める。植民地朝鮮で生まれた日本人の森崎は、日本に生まれた朝鮮人の朴寿南へむけて「在日朝鮮人の二、三世であるあなた（方）と、朝鮮生まれの私（たち）とで、両方からはさみうちするようにして、互いの原体験の追究ができないものか」と、協働の作業を呼びかけた（「朴寿南さんへの手紙」『九州大学新聞』一九六七年二月十八日）。このころ朴寿南は、在日朝鮮人が「半日本人」という蔑称で自らをよぶ強烈な自嘲について報告しており（「在日朝鮮人のこころ——半日本人の現実から」『展望』一九六七年七月）、森崎がこれに応答して逆の方向から「半日本人」の自意識を表明するなかでのことである。在日二世と植民二世は、そもそもの歴史構造も、また現在おかれている場がもつ意味も全く違う。私もまた「半日本人」だというのは、両者の歴史的な関係、絶対の違いを無化することにも繋がりかねない、まさに「加害者的鈍感」を露呈させた発言とも当然いえる。が、協働を提案するのでなく、それを拒絶するのでもなく、ただ傍観する位置からなされる正しい批判は正しいだけのことであり、批判者の位置を安全圏におくだけである。「被害意識をどれほど掘っても、また加害の罪を自民族内で追っていっても、その歴史的事実をふみこえることにはなりませんし、どちらの民族にとっても衝撃にはなりません。」

定式化した正しさに繰り返し依拠するだけで、自分自身の責任の論理を消滅させるほうがより多く「ぶざま」だとすれば、自分の論理構成を「支配の裏返った感覚だとみられることもいといません」と森崎は書く。もちろん被害者に協働を呼びかけるほどあつかましくはなれないという思考は「良心的」であり、いわゆる慎みというものを知っている。しかしながら、森崎はこうした通念を疑った。それは「無関心を贖罪だと感じ」る思考であり、裏返せば「同化の原理以外の対応を知らない」ことを証し立てているのではないか。無関心か、そうでないなら同化主義、表面的には逆であるこの両者は、実のところ、ともに自分にとって異質な存在を目の届くところから消そうとする思考として通分可能ではなかったか。だとすれば、「目の前に立ちあらわれたものとの対応法がわからないぶきみさに、日本はさらされる必要がある」(「二つのことば・二つのこころ」『ことばの宇宙』一九六八年五月)。

こうして森崎は、まず「日本自体を思想的葛藤の対象と」しなければなるまいと考える。そうでないなら「朝鮮人を自分の発想の外に自立する存在だとして認識すること」ができず、「われも問いかけ、かれも問いかける形を創りだすこと」はついに不可能となるだろう。「日本自体」が思想のテーマであることを認識するとともに、自分の誕生を日本のアジア侵略と切り離して考えることのできない森崎には、自分が単独で日本あるいは朝鮮を語っても無意味かつ無力だという直観がある。すでに自分の「肉」が「ネエヤ」の墓であり、その言葉が植民地の日本語である以上、「私」が単独で語る語り方はつねに、すでに不可能なことだった。たった一人で書き、語るときでさえ、その日本語は自分単独のものではない。

戦後の日本で自分は半分しか生きていない、だからその半身に再びあいたいという彼女の切望は、こうして植民地以後の思想へと生成していく。個体史のなまなましい具象性を失うことなく、同時に植民地主義の時代の「ことば」を普遍的な主題として思考する軌跡が、森崎和江の「にほんご」そのものに刻まれる。「二世」の協働を呼びかける言葉は森崎自身がそう書くように真に「不遜」だが、しかしそれは他者を体内化、再自己化することによってアイデンティティを再構築することとはおそらく違う。彼女が探っているのは、自己ではないものへと関係している感覚、集約されない複数のものの協働であり、その他なる存在とは自分の存在自体に罪業として刻まれている。この思いの暗さを現在の、来るべき思想へ転化しようという賭けであることが、その不遜さに結びついているものと理解したい。

森崎は「半」であることの痛みを、協働の出発点として捉える。在日二世が「半日本人」であることに苦しみ、それゆえ「朝鮮の本質そのもの」へ向かおうとするとき、森崎はそれを「理解しがたい」指向だと、在日朝鮮人に向けて書いた。「あなた方二世は（略）朝鮮のこころをこころとしえぬ痛みが――しぶきをあげはしなかったのでしょうか。」（「朴寿南さんへの手紙」）

いかんともしがたく朝鮮から切れている在日朝鮮人二世の存在を、やはりいかんともしがたく日本に違和を感じる植民二世が問いただす。この文ばかりではない。この時期の朝鮮人への呼びかけはしばしば不穏当な口調をとったが、森崎自身はその理由を誰ともない朝鮮人に対して次のように説明している。

「不遜な表現であることだろう。もしこの小文を目にする朝鮮人があれば、どうかあなたの不快に堪えてください。その不快が深部でかもすものを守ってください。その力によってねらわれぬ限り、私は朝鮮と日本についての表現が成立せぬという負目があります。」（「二つのことば・二つのこころ」）

朝鮮の主体性によってねらわれ、取り押さえられ、「人質」に取られる。自分にはその必要がある。この論理構成に関しては、まず人質をとって立てこもった「金嬉老」事件が日本の「良心」層に呼び起こした動揺、さらにさかのぼって森崎自身が体験した植民地主義のジェンダーの問題系を追う必要があり、別稿に譲らざるをえない。ここでは森崎の「負目」が、金の抵抗を支持する、日本帝国主義に反対する、という「何らかの身ぶりをしてすませることができる質」ではなかったことのみ、確認しておきたい。

そこに自分の位置が書き込まれているかどうかを問われないような、責任を拡散させた「何らかの身ぶり」にこそ、森崎はいたたまれなくなっている。自分は「金嬉老の闘いを支持」する位置にではなく、彼のライフルに狙われ身動きすることもできないでいる「人質」の位置にいるのだと感じていた（実際の事件において「人質」が身動きもできなかったわけでもないが）。在日の「あなた方」へ宛てたことさらに不遜な要求もまた、この思考回路と一体であっただろう。

この時期の不遜かつ不穏当な発言は、それを読む私たちを当惑させる。敗戦とともに旧植民地と切断された日本社会は、脱植民地化の責任について「無関心」でいることができ、それを基盤として良心的に無関係でいることも可能だった。しかしこの時期、記憶する前に忘れた他者が再来する霊のように二十年を経て回帰していた。その他者に出会いなおすための通路は、無為無関心に過ぎていった日本社会の時間の分だけ複雑にもつれている。その通路を再び開こうとする不可能な企図が、不遜でも不穏当でもある言葉の形をとる。それが慎みを知る日本人にとっても不快であるべくしくまれていたのだとしたら、私たちがそれを居心地よく受け取ることはもとよりできない相談にちがいない。

「私には、あなた方二、三世が、母国へ類似している自分を探すよりも、民族的本質を断絶的に継承していることの内実を思想化し、その内側に加工し乗りこえて編入させている日本的質をとらえて日本人の視界をくだき、それら力量を母国の民族らへの衝撃としてくださることを心から念ずるのです。」（「朴寿南さんへの手紙」）

「民族的本質」をそのまま保存するのでなく、それを断絶的に継承する二世固有の思想的通路はないか――この言葉の傍らで、私たちは金時鐘の「切れて繋がる」という表現を想起するだろう。日本に対する違和に苛まれる植民二世が、在日二世の力を借りて、「民族」を新しく発明しなおそうと協働を呼びかける。それは自己でないものと関係しながらでないなら、自分自身の責任も罪業も書き込まれない歴史が今後も延命してしまうという切迫した思いから発せられている。この不遜な、慎みを欠いた、あつかましい文体は、しかし、ほかならぬその文体のなかに森崎が自分の位置を書き込んだものであるために、やはり今も立ちもどらなければならない言葉であり続けている。

【注】
（1）加藤典洋『敗戦後論』講談社、一九九七年。
（2）この部分の問題意識は、柳浚弼「〈東アジア〉を問うということ」（『ポスト〈東アジア〉』作品社、二〇〇六年）に示唆をうけた。

(3)『キムはなぜ裁かれたのか――朝鮮人BC級戦犯の軌跡』朝日新聞出版、二〇〇八年。
(4)以下、小タイトルと掲載雑誌を示した引用は、森崎和江『ははのくにとの幻想婚』(現代思潮社、一九七〇年)、および『異族の原基』(大和書房、一九七二年)による。
(5)澤宮優『放浪と土と文学と』二〇〇五年。
(6)村松武司『朝鮮植民者』三省堂、一九七二年。
(7)森崎和江『慶州は母の呼び声』新潮社、一九八四年。
(8)金時鐘「クレメンタインの歌」『「在日」のはざまで』(平凡社 二〇〇一年)所収。
(9)金時鐘「私の出会った人々」前掲『「在日」のはざまで』所収。
(10)前掲『慶州は母の呼び声』。
(11)金石範『ことばの呪縛――「在日朝鮮人文学」と日本語』筑摩書房、一九七二年。
(12)『まっくら――女坑夫からの聞き書き』理論社、一九六一年。
(13)佐藤泉「集団創作の詩学――森崎和江『まっくら 女坑夫からの聞き書き』」(『社会文学』第三十号、二〇〇九年六月)。
(14)『奈落の神々――炭坑労働精神史』大和書房、一九七四年、『からゆきさん』朝日新聞社、一九七六年。
(15)「未熟なことば・そのてざわり」『匪賊の笛』葦書房、一九七四年。
(16)ジャック・デリダ、守中高明訳『たった一つの、私のものではない言葉――他者の単一言語使用』岩波書店、二〇〇一年。
(17)前掲『慶州は母の呼び声』。
(18)『竹内好全集 第八巻』(筑摩書房、一九八〇年)の月報。
(19)『現代日本思想大系 第九巻 アジア主義』(筑摩書房、一九六三年)の解説。後、『竹内好評

論集　第三巻』に収録の際、「日本のアジア主義」と改題。
（20）『近代日本思想史講座　第七巻　近代化と伝統』（筑摩書房、一九五九年）所収。
（本稿は『国語と国文学』二〇〇六年十一月号所収の同題名の文章を改稿したものである。）

菊池寛の朝鮮……片山宏行

朝鮮行

一九四〇（昭和十五）年七月三十一日、菊池寛は文芸銃後運動講演会のため東京駅を発った。目的地は朝鮮と満州である。講師は菊池のほかに久米正雄、小林秀雄、大仏次郎、中野実であった。一行は八月一日、福岡市で木村毅と合流して市内で最初の講演会を行ない、翌二日、木村を除く五名が朝鮮海峡を渡って、三日の朝、雨後の釜山港に到着した。菊池にとっては昭和五年に飛行機で満州に行く途上、京城で二泊して以来、十年ぶりの朝鮮であった。

同日夜、釜山公会堂で講演。翌四日、午前十時に大邱に到着し、大邱神社忠霊塔に参拝、陸軍病院を慰問したのち午後七時より府公会堂にて講演。同夜、京城に移動し、明くる五日、朝鮮神宮を参拝して午後七時より京城府民館にて講演を行なった。いずれの講演会も盛況であったが、ここ京城で一行は最も熱烈な歓迎をうける。その様子を雑誌『観光朝鮮』[★1]（一九四〇年九月）は、「今日の講演会を待ちに待つた京城府民は、定刻二時間前から殺到するもの五千、定員千八百は開場と共に忽ちのうちに埋めつくされ超えて二千余名といふぎつしり鮨詰。尚場外に溢るゝ聴衆は去りもやらでグワンと構へ、ひたすらに世紀の作家達の愛国の声を慕つていた」と伝え、十時半に全員の講演を終えたものの、菊池が「我々は銃後講演五十余回に及ぶもこの京城ほど熱情と真実の聴衆を前にしたことはない。それにつけても、入場不能の府民に対して申訳なく思ふ。日程を変更しても、明晩もう一回こゝで講演《ママ》やることにしやう」と、「いたく京城府民の真剣さにうたれて、この街の熱誠に応へることにした」とあって、翌六日も陸軍病院の慰問や諸種の会合に出席した後、夜に再度、講演会を開く。が、「会場はまた／＼立錐の余地なく、かゝることもあらんと予め用意されてゐた拡声器に熱弁を送れば、毎日新報広場にある第二会場にひかへた聴衆もひとしく汗をにぎつて聴き入るといふ、京城初めての壮絶なる講演会」となったと伝えている。菊池もこのときの様子を「話の屑籠」（『文藝春秋』一九四〇年九月）に書きとめている。

今文芸銃後運動講演会のために、朝鮮へ来ている。釜山、大邱と二回やつて、今京城へ来たところである。釜山も大邱も、超満員の盛況で、両方とも知事や府尹の方が、歓迎会を開いてくれた。（略）京城の講演会は、大盛況で、二千名を容れる講堂に、四、五千名の聴衆が殺到して、入場不能の人々は、会場整理の人達と喧嘩さわぎを演ずる始末なので、我々は日程を変更し、翌日臨時に第二回を開会することにして、やう〳〵群衆に退散して貰つた。南総督を初め各方面の歓迎会座談会などで、休養の時間は殆んどなく、いさゝか奔命に疲れたが、相当な効果があつたことは愉快であつた。

二回目の講演を終えた一行は、その夜のうちに平壌に向かい、翌朝ただちに平壌神社に参拝し、陸軍病院慰問、各種会合に参列して午後七時から平壌公会堂にて講演。ここもまた、「開設以来の盛況、しかも場外の拡声器に寄るもの二千を超え、合せて五千余名を突破といふ破天荒の熱烈さ。平壌講演はいよ〳〵冴へて、聴衆の感激また天に沖すといふ物凄さであつた」（『観光朝鮮』）という。過剰な表現は差し引くとしても、この熱狂と強行軍には、さしもの菊池も疲労の極に達したらしい。

平壌の講演会も大盛況で場外にも、拡声器をつける騒ぎであつたが、一日の行事が七つもあり、我々は数日来の疲労も出て来て、頭がフラ〳〵になつた。

石田知事を初め佐藤府尹、福島、今井など実業家諸氏の好意を多としながらも、僕はだん〳〵不機嫌になるのを、何うともすることが出来なかつた。〔八月八日平壌にて〕

（「話の屑籠」同）

が、いずれにせよ、気力も体力も限界になるまで、菊池はこの朝鮮での講演会に、全力を傾けたわけであった。

文芸銃後運動講演会

「文藝銃後運動講演会」を発案したのは菊池寛である。その動機は次のようなものであった。

日支事変も、いよ〳〵第四年目になつた。今年こそ、最も重大な時期であらう。国民は、一致協力事変の解決に、邁進すべきだ。国民が、事変の解決に就いて、不安になつたり疑惑的になつたりすることほど、事変の解決を遅らせるものはないと思ふ。物資などが、欠乏するにつれ、それを精神的勇気を以て、克服することが必要だ。その意味で、精神運動が、今迄よりも、一層熾烈になるべきだと思ふ。
我々文筆の士も、国民大衆の元気を鼓舞するため、出来るだけのことをしたいと思ふ。之は、まだ僕だけの私案だが、文壇の有志を糾合して、全国を遊説して歩きたいと思ふ。枝葉末節などにこだはらない、主義や主張などのない真の愛国運動を、やつて見たいと思つてゐる。（「話の屑籠」一九四〇年一月）

この菊池の提言は一九三八年のいわゆる「ペン部隊」の実績に裏打ちされたものだろう。菊池はつとに「文芸は経国の大事」（「文芸作品の内容的価値」『新潮』一九二二年七月）と明言していたが、日本の現実はその理想からほど遠かった。「日本の政治家や実業家が、文学や芸術に対する理解は、英仏米などの政治家と比べてたしかに劣等である」「日本で、文学が社会的でない責任は文士にもあるかも知れないが、十中八、九迄は、政治家や官吏や実業家にあるのだ」（「話の屑籠」一九三四年十一月）というのが菊池の実感だった。だから「ペン部隊」という危うい政治的策動も、文芸家協会会長としての地位にあった菊池からしてみれば、ようやく国が文学を重用しようと動き出した慶事として受け入れられた。

内閣情報部の世話で、我々作家が従軍する事になつたのは、新聞紙上で御承知のことと思ふ。（略）僕としては平素から、国家が文学を認めないことに不平不満をもらしてゐた手前、今度のやうに大々的に認めてくれた時、しかも僕を中心に話を進めてくれたのだから、自分の健康や安危や都合などは、一切介意《かま》つてはゐられず、率先して、行くことを決心したのである。（「話の屑籠」一九三八年九月）

「大名旅行」とも揶揄されたこの文壇的イベントが、結果的に当時の閉塞した状況に置かれていた多くの作家達にとって、ともかくもひとつの活路として映じたことはまちがいない。このときバスに乗り遅れた者が、「文芸銃後運動講演会」というバスに乗り遅れまいとしたのも、成り行きとしては当然であったろう。菊池の提言を受け、一九四〇年二月、文芸家協会は時を移さず、内地外地に講演会を開く日程を作成し、諸般の準備を開始した。

協会は先づ、会員諸氏に飛檄して本運動の主旨を伝へ、各自の講演希望地、出演の都合等を問合せて、文芸家が自費自弁の覚悟で奮つて参加されん事を求めた所、著名文壇人が欣然として之に賛意を表し、五十余名の申込が集つた。
そこで、全国を八地方八班に分ち、他に東京市内及関東近県を別班として、講師の割宛を行ひ、全国講演予定地七十二ヶ所に対して、各地方別に班を組織して月を逐うて順次に之を巡回する事にした。

昭和十五年五月より、昭和十五年十二月迄の間、殆ど文壇総動員の態勢で以て毎月東奔西走し、汎く全国の知識階級に呼びかけるといふ事は、従来文芸講演会で割合にのんきな旅にしか出た事がない文壇人にとつては、蓋し、可成り強い決心を要する事柄であつた。

（「文芸銃後運動の経過」『文芸銃後運動講演集』一九四一年五月、文芸家協会）

詳細は注に譲るが、★2 最終的にこの講演会は講師五十四人、延べ人数九十余人に達し、聴衆の総数は一〇万六千人を超えたという。また主催は文芸家協会となっているが、実際には文芸家協会主催、東京日日新聞社後援で、「講師の人選、依頼、スケジュール等実務的なことは文藝春秋社がやった」（『日本文芸家協会五十年史』一九七九年四月、日本文芸家協会）という。しかし、この時すでに内閣情報部★3の影はちらついている。

五月一日には、最初から文芸銃後運動の展開に対し多大の讃意を寄せて、その熱心な支援を約されてゐた内閣情報部は、石渡書記官長の名に依て、参加講師一同を首相官邸に招き、壮途激励の会を催された。之に対して菊池会長を始め各講師は、文芸家としての独自の立場から、職域奉公の精神を以て本運動の完遂を期する旨、答へる所があつた。

（「文芸銃後運動の経過」同）

「文芸家としての独自の立場から」という趣旨は、このときから早くも骨抜きになりつつあったわけだ。

翌一九四一年五月の「話の屑籠」で菊池は「時局が更に重大になつた今日、更に第二回をやつては何うかと云ふ説もあるので、今新しい計画を考案中である」と、第二次講演会の実施についいて記すが、この前後から内閣情報局と大政翼賛会による、あきらかな文芸家協会に対する懐柔が始まる。『文藝年鑑（二六〇三年版）』（一九四三年八月、桃蹊書房）の「彙報」一九四一年五月の項には、

文芸家協会主催の文芸銃後運動の開始に当り情報局、翼賛会文化部と十二日水交社で打合せの会を開いた。協会よりは菊池、久米、瀧井、尾崎、佐々木、の諸氏が出席、情報局からは川面第五部長、上田情報官、翼賛会からは上泉文化部副部長が参し、午餐を共に上田情報官より内外情報の説明があり、同運動の発足について打合せを行つた。

とあり、これを受けて菊池は六月の「話の屑籠」に次のように告知する。

先月号に書いた第二回文芸銃後運動は、情報局、翼賛会の後援を得て、いよ〳〵五月からやることになつた。今度の方が、一流の都市でない丈、交通その他の点に於て、骨が折れると思ふが、全力を尽くしてやるつもりである。

こうして第二次講演会は、一九四一年五月十六日の東京大会を皮切りに十二月十日まで文壇あげての運動として全国に展開された。菊池の中で、「経国の大事」という理想が「報国の大事」へと変質して行く経緯については、別に詳しく検討しなければならないが、ここにきて「公然たる文化統制の中心」（『非常時日本文壇史』巖谷大四、一九五八年九月、中央公論社）と目された内閣情報局と大政翼賛会の介入により、文芸銃後運動講演会はあからさまな国策運動にすり替えられ、日本文学報国会の設立から大東亜文学者大会の発会へと、ひたすらに戦時統制下の潮流に飲み込まれてゆく。

「事変と武士道」

菊池が朝鮮の地で講演したのは「事変と武士道★4」という題目である。雑誌『総動員』

一九四〇年十月号が、八月六日に京城府民館で行なわれた菊池の講演速記を掲載している。タイトルが端的に示すように、ここで菊池は現事変下における武士道精神の必要を「身代り」「殉死」「名誉」「節義」と要点化しながら、時にユーモアを交えつつわかりやすく聴衆に説いている。やがて話を『葉隠』の精神に統括し、「国のためには何時でも命を投出すことが新しい日本の武士道ではないか」とし、「支那事変が処理出来てもソヴエート、米国といふ油断のならない敵……敵と言つてはいけないかも知れませんがさういふ国が周囲にあるのですから日本の大陸の第一線に近い所にゐらつしやる皆様方は支那や内地の人に模範となつて頂きたいと思ふのであります」と結んでいる。これに同じころ菊池が書いた「朝鮮は、今ではわが国の腹心を為すと云つてよく、今後ます／＼強化される非常時局に於て、この新附の同胞が完全に皇民化するかどうかは、日本に取つて重大な問題であらう」（「話の屑籠」一九四〇年九月）という文章をつきあわせれば、菊池の講演が朝鮮人の「皇民化」を念頭においた発言だったことはまぎれもない。

しかしなお注目したいのは、こうした紋切り型の事変対応演説の端々に語られる、菊池の朝鮮人、朝鮮文化についての認識、態度である。

私は内地人としては半島同胞に昔から愛情と同情と敬意とを持つてゐたつもりでありま

す。それは皆さん方もうんそれは知つてをるとおつしやる方もあると思ひますが、私は朝鮮の方に色々世話したつもりであります。その中でも特に今東京に於てモダン日本をやつてをる馬海松君が十七歳の時に私の所に来たのでありまして、それを今東京でも一流と言つてゐゝ雑誌の社長にしたことは皆さんの前に自慢してゐゝことぢやないかと思ふのでありります。（略）／又朝鮮文学は近頃内地に紹介されてをりますがお世辞でなく朝鮮文学のレベルは日本文学と何等の相違もないといふ結論に達してをるのでありまして、其他芸術的な方面としては音楽にしろ又文化にしろ色々な点で立派な素質があるといふことは充分知られたのでありますから、さういふ点で将来日本の国の重要な一部分をなしてくださることが内地人並に朝鮮の方々のお互の幸福ではないかと思ひます。

これがたんなるリップ・サービスや、時流迎合の場当たり的な発言でもなかったことは、十五年以上前にさかのぼって記された菊池の次のような発言を顧みれば明らかである。

「文芸講座」の会員募集をして、一番驚いたことは、朝鮮青年の間に於ける文芸熱の盛んなことだ。／朝鮮青年が、自発的にか或は他動的にか、日本語を教へられることから、日本文学に興味を持つことは、自然なことであり、同時にわれ〳〵作家の欣びである。政治的に、社会的に虐げられてゐる朝鮮青年が、尤も自由な文壇に対して、野心を持ち希望をいだくことは、われ〳〵の衷心希望するところだ。文壇に丈は国境的偏見も人種的差別もない筈である。諸氏は、日本文学の洗礼を受け、やがては日本文学を卒業し、新なる朝鮮文学を樹立して貰ひたい。／愛蘭人が英語を以て、新しき愛蘭文学を起し、英文学を圧倒したるが如く、朝鮮青年が日本語を以て新しき朝鮮文学を起し、日本文学を圧倒することも卿等に取つて会心のことに違ない。多くの民族運動の先駆を為すものは、文芸運動である。新朝鮮を樹立する先駆も、新しき朝鮮文学であらねばならぬと思ふ。朝鮮と日本との関係は、今後愛蘭と英国とのそれに似て来ると思ふ。そんな意味で、朝鮮から新しい文学が出て、行きつまつてゐる日本文学に刺戟を与へるやうな時代が来ることも、私丈の空想ではないだらう。（「朝鮮文学の希望」『文藝春秋』一九二四年九月）

菊池寛が京都大学時代にアイルランド文学によって文学に開眼し、とりわけ劇作家ジョン・ミリントン・シングに深く傾倒したことは周知のとおりである。また、いわゆるマント事件によって一高を退学となり、西下した菊池が、芥川や久米ら東京の文学仲間に対抗して〈京都文学復興〉を企てようとした事実についてもすでに明らかになっている。★5 イギリスの圧政に対し、文学によってケルト民族の文化的復興をはたしたアイルランド・ルネッサンスのひそみにならった企図であった。この時の若き菊池の野心は空しくついえるが、当時のロマンチシズムの火種はなお残って、後年のこの日本と朝鮮の関係に置き直されていたと見てまちがいない。そしてさらに十五年余の時をへて、時勢の陰りは帯びつつも実際の朝鮮の地において、今あらためて菊池の本懐は吐露されたとみるのが自然だろう。

朝鮮芸術賞

こうした菊池の希望と期待を具体化したものが「朝鮮芸術賞」である。『モダン日本〈朝鮮版〉』一九三九年十一月号には、「朝鮮芸術賞設定」の告知があり、

朝鮮芸術振興のため此度菊池寛氏より毎年資金呈出の申出がありましたので、本社では菊池寛氏の意を体し、別項規定の如き「朝鮮芸術賞」を設定いたしました。大方の御協賛を冀ふ次第であります。

昭和十四年十月　モダン日本社

とあって、「本賞は我国文化ノタメニ朝鮮内ニ於テ為サレタル各方面ノ芸術活動ヲ表彰スルコトヲ以テソノ目的トス」と主旨が述べられている。また規定には、「文学、演劇、映画、舞踊、音楽、絵画等の分野」を対象とし、「一年一回一部門」の「一人或ハ一団体」に、「賞牌及金五百円」（注＝芥川賞・直木賞と同額である）を贈呈するとある。

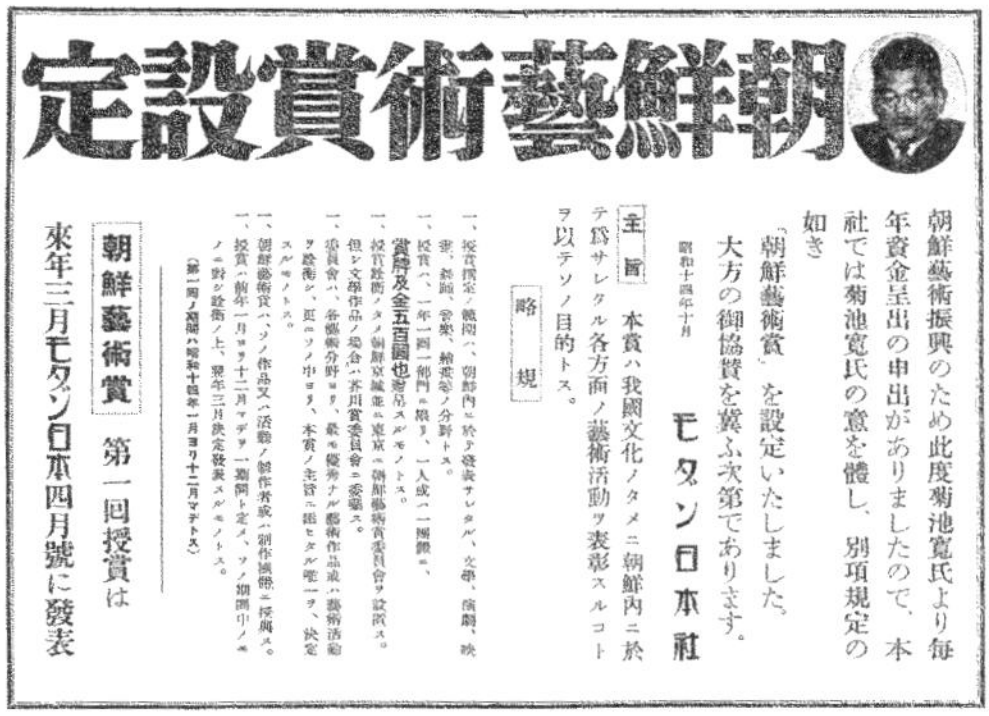
朝鮮藝術賞設定

朝鮮藝術振興のため此度菊池寛氏より毎年資金呈出の申出がありましたので、本社では菊池寛氏の意を體し、別項規定の如き「朝鮮藝術賞」を設定いたしました。大方の御協賛を冀ふ次第であります。

昭和十四年十月　モダン日本社

主旨

本賞ハ我國文化ノタメニ朝鮮内ニ於テ爲サレタル各方面ノ藝術活動ヲ表彰スルコトヲ以テソノ目的トス。

略規

一、授賞標準ノ範圍ハ、朝鮮内ニ於テ發表サレタル、文學、演劇、映畫、舞踊、音樂、繪畫等ノ分野トス。
一、授賞ハ、一年一回一部門ニ限リ、一人或ハ一團體ニ、賞牌及金五百圓也ヲ贈呈スルモノトス。
一、授賞銓衡ノタメ朝鮮京城並ニ東京ニ朝鮮藝術賞委員會ヲ設置ス。但シ文學作品ノ場合ハ芥川賞委員會ニ委囑ス。
一、委員會ハ、各藝術分野ヨリ、最モ優秀ナル藝術作品或ハ藝術活動ヲ銓衡シ、更ニソノ中ヨリ、本賞ノ主旨ニ適ヒタル唯一ヲ、決定スルモノトス。
一、朝鮮藝術賞ハ、ソノ作品又ハ活動ノ製作者或ハ制作團體ニ授與ス。
一、授賞ハ前年一月ヨリ十二月マデヲ一期間ト定メ、ソノ期間中ノモノニ對シ銓衡ノ上、翌年三月決定發表スルモノトス。
（第一回ノ期間ハ昭和十四年一月ヨリ十二月マデトス）

朝鮮藝術賞　第一回授賞は
來年三月モダン日本四月號に發表

▲…「朝鮮芸術賞」の告知（『モダン日本（朝鮮版）』）

『モダン日本』は、一九三〇年十月に文藝春秋社から創刊された都会的センスが売りの総合娯楽雑誌であったが、菊池によると、

名前の示す通、尖端的なハイカラな雑誌にするつもりであつた。（略）がやり出して見ると、算盤合つて金足らずの方で、ハイカラな雑誌丈に表紙写真に版に、金がかゝつて、収支償ず、一年余で経営が立ち行かなくなつた。（略）所が、このをかしくなつて、廃刊することになつてゐた「モダン日本」を、当時社の広告部長か、何かをやつてゐた馬海松君が、（私に下さい）と云ふのであ

る。むろん誌名に未練などはなかつたが、馬海松君が、独立でやれるかどうか、非常に疑念があつたが、此方は、何うなつてもいゝ雑誌なので、馬海松君にやることにした。／所が、馬君は、殆んど資本もなく、後援者もなしに、徒手空拳で、その経営を始め、数年ならずして、独立した雑誌社にしてしまつた。／文藝春秋社で、もてあまされた雑誌を、物にした事を考へても、馬君の企画編集の才能が、抜群であることが分ると思ふ。／とにかく、自分が一旦捨てゝしまつた雑誌が、馬君に拾はれて、十周年に達したことは、自分として欣快至極なことである。（「十周年感想」『モダン日本』一九三九年十月）

とあるとおり、『モダン日本』は一九三一年十二月（二巻十二号）まで文藝春秋社で刊行されていたが、一九三二年二月（三巻一号）からは、「モダン日本社」の発行に変わる。同誌「編輯後記」には、「モダン日本は更生した。面目の一新内容の充実は、御覧の通りで、必ずや愛読者諸氏の御褒めに預かると思ふ」とあって、それまでより創作や各界著名人の随想をふやし、「実話」「秘話」の類はそのままにしてゴシップ記事を控えめにした内容に変わっている。

「朝鮮芸術賞」は、こうした菊池寛と馬海松の連携とによって実現したものであったが、その第一回目の文学部門受賞者は親日作家の李光洙（一八九二・二～？）に決定する。『文藝春秋』一九四〇年三月号に掲げられた授賞告知に李光洙の略歴が出ているので、そのまま引く。

李光洙氏は当年四十九歳（明治二十五年生）東京明治学院を経て早稲田大学文学部哲学科卒業、中等教員、新聞記者の傍、三十年間、創作に従事。所謂朝鮮の新文学の先駆者であり、その文章は朝鮮の新文章の嚆矢をなし三十数巻の著書は全朝鮮に布衍されてゐる。殊に昨年度に発表された「愛」「無明」「鬻庄記」等の作品に於いては宗教的モチーフが独自の光芒を見せてゐる。昨冬朝鮮文人協会結成されるや、その会長に推さる。

また金史良が「朝鮮文壇の大御所」として李光洙の文学について紹介した文章には、

氏の文学的な教養の中には北欧的なものが優勢である。氏は朝鮮のトルストイと云はれてゐる。流れるやうな麗筆と心の中に奥深く抱いてゐる静かな火山は今まで多難な三十年の間滞ることを知らず又休むことを知らなかつた。氏の処女作の「無情」といふ長篇は今なほ版を重ねてゐる。氏の作品程朝鮮の一般読者に受けるものはないであらう。「無情」から、最近の「愛」や「無明」に至るまで貫くものは高貴な愛の精神である。そして現在は遂に宗教的な高さにまで居やうと考へてゐる。

（「朝鮮の作家を語る」『モダン日本〈朝鮮版〉』一九三九年十一月）

と、これを高く評価している。

「授賞式は来る三月東京に於いて挙行される筈である」との記述があるが、実施されたかどうかは未詳。また菊池は「話の屑籠」のなかで、「『モダン日本』の馬海松君から頼まれて朝鮮芸術賞の資金を出すことにしたが、その第一回が、今度朝鮮の第一流作家李光洙氏に贈与せられることになつた。この人は、朝鮮人が日本姓を名乗れることになつたとき、直ちに香山光郎と改姓したとのことである。三月中に東京へ来て貰つて、日本の文壇へも紹介したいと思つてゐる」(「話の屑籠」一九四〇年三月)と述べ、さらに同年五月の「話の屑籠」には、「李光洙君の「無明」と云ふ小説を読んだが、日本の現代小説と比肩し得る立派な作品で、半島人の性格や生活が、描かれてゐる点で、特に興味が深かつた。やはり、民族の生活や性格は、文芸作品に依つて、一番よく理解されるものだと思つた」と感想を記していて、賞の詮衡にはかかわらなかったようだが[★6]、「無名」の作風には感銘を受け、文学が民族理解に有用であることを再認識していたことがわかる。

菊池寛が李光洙と実際に会ったのは一九四〇年八月六日、『京城日報』紙上でおこなわれた「文人の立場から／菊池寛氏等を中心に／半島の文藝を語る座談会」（八月十三日〜十八日掲載）での席上、つまり菊池が文芸銃後運動講演会で京城に滞在したときが最初だったようである。菊池は文芸家協会の代表として、小林秀雄、中野実と出席、李光洙は朝鮮文人協会の代表としてその他の会員七名と出席している。

話は「支那事変」以降「内鮮一体」が加速するなか、朝鮮文学のかかえる問題や進むべき方向性について、菊池と李の発言を中心に進められる。菊池は日本語訳で李の作品を読み、「去年あたりから朝鮮文学が内地に紹介されるやうになつて、内地でも皆読んでゐるし、レベルからいつても殆ど内地と同じところまで行つてをるといつて感心してゐるんです。やはり僕なんか、李光洙さんの作品を読んで初めて朝鮮の方の生活、人情を理解する端緒を掴んだやうな気がするんです」（十四日）。あるいは、「本当に感情的に融和するには、やはり文学とか映画といふものによつて一致するより他にない」（十六日）として、先と同様の発言をくりかえしている。しかし、菊池の論調は、民族理解のための文学の効用というところから、さらに出版人としての投機的な発言へと転じてゆく。

「朝鮮文人には、今日書く機関が非常に少いから、さういふ点で書く機関を充分に与へる、さうしてどん〳〵創作をさせる、さうすれば優秀な文人が出る。民衆も自然その雑誌を読むといふことになる、さういふ点で、文人達も発展し、読む方の側も進歩するのではないかと思ふね。」（十五日）

「あなた［注＝朝鮮文人協会］の方で雑誌をお出しになつて、いゝ作品が載るやうになれば、内地でも相当売れると思ふ、さういふ点で最初の一、二年は或る程度欠損しても、いゝ雑誌になれば内地でどん〳〵売れるやうになつて、商売的にも成立つと思ふ。」（同）

「あなたの協会でこれはいゝ作品といふ事を推薦して下されば、僕の雑誌に何時でも載せていゝと思ひます。（略）朝鮮文学は非常に評判がよいのです。内地の文学に比較してレベルからいひましても決して落ちない。」（十八日）

「保護といふ事は、結局原稿料を出すといふ事ですね。いゝものを書いた人にお金を出す。」（同）

一方、李光洙は「半島人の一番悩《ママ》み」として、まず「国文」すなわち日本語と「諺文」の問題について、「何時も諺文でか《ママ》いてをるから、国文で書くとなると、中々自由に書けない。どう書いていゝものか迷つてをります」（十四日）、「国民教育が義務となつて国語が普及され、朝鮮人全体に国語が読めるやうになるのは早くても三十年、若くは五十年後になると思ひます」（十六日）といった悲観論を根本に抱えている。この基本的な問題について、菊池はさほど意に介していない。この場での発言はないが、翌一九四三年三月の『國民文學』の座談会「新半島文学への要望」★7では、

「僕は諺文で文学を書くと云ふことも、それも一つの宜いことには違ひないけれども、兎に角読者を掴めると云ふ点から言へば、矢張り国語で書いた方が結局宜いのぢやないかと思ふね。それも朝鮮の持味なんかはつきり出すには諺文が便利だらうが、併し朝鮮文学を振興させるのには、矢張り市場の広い国語で書く、之が宜いのぢやないかと思ふね。」

と言いつつも、

「諺文でしか書けない作家でも、非常に良いものを書けば、飜訳をする人が幾人もあるのぢやないか。非常に優れた人ならば、諺文で書かして、友達が訳してやれば宜いからね。」
「非常に傑出した人ならば宜い。飜訳者も適当に得られないやうな作家ならばどうせ大したことのない作家で、そんなに悲しむに当らないぢやないか。其の人のものは読んで飜訳するやうな大作家が出れば宜い。」

と、割り切った考え方を示している。

また、「言葉の問題もさうだけれども、矢張りもう少し朝鮮人の悩みだとか、苦痛なんかを或程度書くことを許して呉れないと、良い小説は出来ないね」として、朝鮮文学のアポリアについてふれるところもあるが、「斯う云ふ時代だから、現在の意識が其の中に流れて居ながら、朝鮮を旨く描写したと云ふやうな作品が一番早く内地に迎へられるのぢやないかと思ふね」、「人物や風景は朝鮮的のものでないと、いけないだらう。思想は時世と共通した思想を有つてゐなければ駄目だらうけれども」と、あくまで折衷的現実路線を推奨する。したがって、「朝鮮文学が内地で愛読されるやうになるのならば、矢張り朝鮮でなければならないものを旨く書いた小説が一番結局内地で歓迎されるのぢやないかと思ふね」といった微温的な立場にとどまり、あらたな文学分野を開拓しようといった発想には展開していかない。「郷土色は相当現はれなければ、朝鮮文学の特徴とならないからね。内地の作家と同じやうなことを書いて居つては……」とか、「朝鮮にも少し優れた作家で、ちよつと題材が変つたり、見方が変つたりして、相当内地でも愛読されるやうな人が一人か二人出れば、それは矢張り相当内地に進出してくるね」といった発言に一貫するのは、日本の文学市場のなかに、いかに「朝鮮文学」が居場所を確保し得るかという市場主義的見通しであったことは事実として認めざるをえない。

以上のように、菊池の半島文学への提言は良くも悪くも現実的である。内地日本において朝鮮文学を早急に普及させるにはどうするのが最も確実かという具体的な方法論にいきなり直結し、書く側にわだかまる根本的な問題、内鮮一体化、皇民化という名目によって強引にアイデンティティーを与奪される朝鮮人作家の苦衷については、ほとんど配慮されていないかのようである。しかし、同じ二つの座談会の中で、次のような発言をしていることは確実におさえておきたいと思う。

「僕は政治、社会的朝鮮の人たちが東京に来て、もう少し各方面に活躍して貰ひたいと思ふ。現に東京では朝鮮の方で頭角をあらはしてをるといふ人は数人しかゐない、やはり東京でも学術に文芸、政治の方面に少くとも百人位は活躍して貰へる時代が早く来ないと駄目だと思ふといふやうなことを何かに書いたのですが、さうなれば自然に渾然として一体化すると思ふね。（「文壇人の立場から……」十六日）

「僕は朝鮮文学の振興と云ふことは、内地の連中が出来るだけ便宜を与へるのが第一だと思ふね。勿論朝鮮だけで歩けないのは当然だから、内地が手を出し、労はらないと駄目だと思ふね。」（「半島文学への要望」）

「まア僕は半島の皇民化と云ふやうなことは、矢張り半島の人達を内地の人と同等に色々な便宜を与へることも半面になければ駄目だと思ふね。さう云ふ意味で東京なんかにも半島出身の実業家や何か、各方面に働いて居る人が相当に居ると云ふ風にすることが一番大事なことだと思ふね。」（同）

朝鮮人が日本の現体制下において社会的に進出すること、そのためには彼らに「便宜を与へ」「労はる」ことが肝要であり、「さうなれば自然に渾然として一体化する」という、これもまた至極まっとうな、あるいは無邪気といわれてもしかたのない楽観主義に菊池は腰をおろしてはいる。だから敗戦後の悔悟もその延長においてなされている。

明治以来の日本の政治家に欠けてゐるものは、人道主義的な博愛心のないことである。日本では、人道主義は文学者か宗教家以外には、誰も稀薄にしか持ち合はせてゐなかつた。もつと、朝鮮人や台湾人を心から愛すべきであつた。（略）朝鮮人や台湾人を、皇民化すると云ひながら、いつまでも差別待遇をしてゐたのである。先づ皇民化扱ひをして、彼等の皇民化を促すのが、当然であつた。（略）朝鮮人が最も尊重する名前を改変させて、何の実益もないことに依つて、相手の感情を傷けたり、愚かしい政策をつづけてゐたのである。／真に、朝鮮人を同胞化するには、彼等を尊敬し愛することでなければならなかった。日本人の凡てが、彼等に親切にしてやることでなければならなかつた。（略）朝鮮が、日本の領土であつた以上、せめて東京で活躍する著名の朝鮮人が二十人や三十人はゐてもいいのである。（略）朝鮮人を同胞と称しながらも、朝鮮人を容れる雅量がなかつたのである。これでは、朝鮮人に（独立万歳）と、いくら称へられても、文句はないのである。（略）しかし、朝鮮や台湾の事を、今更云ふのはくり言である。朝鮮の場合は、二千万以上の他民族を支配すると云ふことが、不合理である。（略）殊に、日本の政治家や軍人は、他民族を愛すると云ふ実際の気持がないのであるから、尚無理であつたのである。

（「台湾と朝鮮」『其心記』一九四六年九月、建設社）

「博愛心」といい「雅量」といい、ここに依然として宗主国的なニュアンスの残滓を見ることはたやすい。が、このいかにも菊池らしい合理主義の、その起点にある「人道主義」は、彼なりの自負に支えられたものであった事実は確認しておくべきである。すなわち、菊池寛における馬海松の存在である。

すでに見てきたように、菊池はおりにふれて馬海松を最も期待に応えた朝鮮人として喧伝している。馬海松は、開城の旧家の出身で一九〇五年生まれ。一九二一年に渡日して、日本大学で菊池寛の講義を聴講し、一九二四年に草創期の文藝春秋社に入社する。まもなく、菊池が述べていたように、破綻しかけていた『モダン日本』を譲り受け、これを見事に立て直して経営の軌道に乗せた。★8 一九三七年に舞踊家の朴外仙と結婚するが、このとき菊池は仲人をつとめ、挙式も雑司ヶ谷の菊池邸で行なった。一九四五年一月に戦火を避けて韓国に帰り、晩年は創作童話によって「韓国児童文学界の巨匠」と称され、一九六六年に亡くなっている。菊池寛の秘書であった佐藤みどりの回想小説『人間・菊池寛』(一九六一年三月、新潮社)には、眉目秀麗、才気にあふれた鼻っ柱の強い青年として馬海松が登場する。菊池は彼のわがままぶりに手を焼きながらも、その才を認めて深く寵愛していた。「朝鮮芸術賞」も、「『モダン日本』の馬海松君から頼まれて朝鮮芸術賞の資金を出すことにした」(「話の屑籠」一九四〇年三月)とあって、事実は「菊池寛氏より毎年資金呈出の申出がありましたので」というわけではなかったようだ。

先の『其心記』のなかで菊池は、「自分の所へ来る朝鮮人は、出来るだけ面倒を見た。その中で、最も成功した男は、今は新太陽社と改めた「モダン日本」社を興した馬海松である」として、次のように続けている。

▲…『文藝春秋』草創期の人々。前列左が馬海松、その後ろが菊池寛。

彼は十七の年から、自分の手許に来たのである。彼は、文藝春秋社員として働いたが、さすがに社関係の文化人は、彼を差別待遇しないばかりでなく、彼を日本人以上に好遇したのである。だから、彼は多くの人々の好意に依り「文藝春秋社」から独立して、一つの新しい雑誌を創立し得たのである。もし、日本の各方面でも、朝鮮人を斯くの如く好遇したならば、朝鮮と日本とは、もつと渾然と結ばれてゐたのに違ひないのである。（略）自分が、馬海松の事

▲…結婚時の馬海松と菊池寛。

を書くのは、自慢に聞えるが、しかし事実だから、仕方がない。／馬海松は、終戦前朝鮮に行つたまま帰つて来られないらしい。彼が朝鮮の独立政府から、どんな風に扱はれてゐるか心配である。親日的であつたとして、迫害されてゐるかも知れない。しかし、彼は多年日本にあつたが、その民族意識は、一度も曲げられたことがない。その戦争中も（自分は日本人でない）と、断言して喧嘩になつたことがある位である。

菊池らしい率直なもの言いである。この文章に菊池の自己弁護だけを見て、馬海松への愛情を見過ごすのは正しくない。音信不通になった馬海松に万が一のことがないように、わざわざ彼の「民族意識」の強さを菊池はアピールしてさえいるのだ。

この後まもなく一九四八年三月六日、菊池は馬海松の安否を知ることもなく、心臓発作で急逝する。そして奇しくもこの訃報を、開城に寓居していた馬海松はラジオで知る。その日、彼は遠来の客たちをもてなしていた。

ひと巡り盃がまはつた。

どこかでスウィッチを入れたのであらう、ラジオがジー〳〵云ひ出して、エヘラ、ノアラ……京城放送が賑かに入つた。

それがピー〳〵ギー〳〵と雑音になつたが、ふとこれは意外、日本語が飛び出した。――昨夜九時に、狭心症で急逝された菊池寛氏について、吉川英治氏はこのやうに話され……

ここまではつきり東京放送が聞こえたが、またギー〳〵となり、賑かな長鼓《チャンコ》の音――京城放送が継続したが、それも消えた。

どんなに待つても、京城からも東京からも、何も聞こえて来ない。

部屋の中は死んだやうに静かになつた。

皆んなが、私と菊池寛の関係を知つて居るので、口をつぐんでゐるのだ。

わたしはぎよつとして、その驚きが消えるまで時間がかかつた。

鬼神かお化けの悪戯のやうな気がしたり、何か天の伝言かと感じたりした。

私が汗蒸《むしぶろ》一行［注＝客たち］とずつと行動をともにしてゐたのならば、その時間にラジオにスウィッチを入れなかつたであらう。

その時間に自分の家に居たとすれば――また仮りに、ラジオをかけたにしても、雑音の入らない私のラジオは東京放送を混線させなかつたであらう、などと考えて、先生との二十五年の因縁は決して虚しいものではなく、何か人為的でないやうにも考へられる。

私の心情を察して唖になつてゐる遠来の客たちに、私は盃をつき出して、受けてくれと云ふのであつた。
（「朝鮮に叫ぶひとびと——戦塵にまみれて」『文藝春秋』一九五三年三月）

▲…晩年の馬海松。

* *

朝鮮をアイルランドに見立てていた、かつての菊池寛のロマンチシズムは、圧倒的な歴史の潮流の中で、次第に変質せざるをえなかった。その独自の合理主義的文学観も、結局は時代に棹さす形で機能して行くよりほかしかたがなかった。そうした困難のなかにあって、馬海松の存在は、あたかもイエーツがシングを見出したアイルランド文学史の美しい挿話のように、菊池にとって実に一条の希望の光であったろう。また馬海松にとっても、菊池との「二十五年の因縁」は「人為」を超えたものとして反芻されるのである。二人のあいだに通ずる気脈を、人情の自然と割り切るのはたやすい。しかしまた、歴史や政治の論理で二人をつなぐ紐帯を微分することは、さらに人間の本質を見誤ることになるだろう。菊池寛にとっての朝鮮は、最終的に馬海松という「解」によって、最も明確な姿で立ち現れて来ると私は考える。

【注】

（1）第二巻第五号（隔月刊行）。日本旅行協会朝鮮支部発行。朝鮮観光案内雑誌だが、小説や随筆も掲載。本号は「京城特輯」を謳っている。

（2）【第一班】東海近畿地方（浜松・静岡、岐阜・名古屋・京都・大阪・神戸・和歌山）五月六日から九日間。久米正雄・岸田国士・横光利一・林芙美子・中野実・吉川英治・菊池寛。

【第二班】甲信越北陸地方（甲府・松本・長野・新潟・富山・金沢・福井）六月三日から九日間。久米・小島政二郎・川口松太郎・小林秀雄・中野・北村小松・菊池・富沢有為男。

【第三班】東北地方（仙台・盛岡・弘前・秋田・山形・福島）七月十五日から九日間。佐々木邦・中山義秀・今日出海・阿部知二・日比野士朗・久米。

【東京市内】（七月六日＝神田共立講堂）中村武羅夫・石川達三・吉屋信子・吉川・菊池。（八日＝早稲田大隈会館）阿部知二・川端康成・広津和郎・豊島与志雄。（十日＝青山会館）片岡鉄兵・芹沢光治良・下村海南・横光・里見弴。（十二日＝本所公会堂）中野・舟橋聖一・長谷川時雨・佐々木・久米。（一四日＝日比谷公会堂）久米・林房雄・尾崎士郎・豊島・吉川・菊池。

【関東近県】（七月十五日＝第三陸軍病院）菊池・木々高太郎・長谷川伸。（同夜＝横浜）木々・長谷川・小島・大仏次郎・久米。（十八日＝千葉市）上司小剣・岡田三郎・式場隆三郎・尾崎・高田保。（二十日＝水戸・二十一日＝宇都宮）村松梢風・甲賀三郎・石川・吉川・徳川無声。（二十三日＝高崎・二十四日＝前橋）房雄・辰野九紫・藤森成吉・河上徹太郎・子母沢寛。（二十五日＝浦和）片岡・丹羽文雄・今・白井喬二・九紫。【朝鮮及満州班】（朝鮮＝略。新京・大連・奉天・ハルピン）八月十一日から（最終日不明）。菊池・小林・中野。

【第四班・北海道】（函館・小樽・札幌・旭川・室蘭）八月二十三日発〜三十一日帰京。吉川・白井・石川・片岡。

【第五班】中国地方（姫路・鳥取・松江・岡山・呉・広島）八月十四日発～二十四日帰京。島木健作・片岡・上田広・加藤武雄・久米。

【第六班】四国（高知・徳島・高松・松山）十月五日発～十一日帰京。横光、芙美子・高見順・浜本浩・高田。

【第七班】九州（小倉・宮崎・鹿児島・熊本・長崎・佐世保・久留米・大分）十月（日程未詳）小島・石川・日比野・島木・小林・久米。

【第八班】台湾及広東（台北・台中・台南・高雄・新竹・広東）十二月十三日から九日間。菊池・久米・中野・火野葦平・吉川。
◆主な演題＝久米「文芸的事変処理」、横光「現在の考ふべきこと」、岸田「風俗の非道徳性」、芙美子「銃後婦人の問題」、吉川「心構への話」、小林「事変の新しさ。文学と自分」、阿部「新しい心」、日比野「内地へ帰つて」、石川「時代と思想。新しき自由」、中村「時局と文学」、吉屋「銃後女性の心理」、川端「事変綴り方」、広津「事変雑感」、片岡「精神侵略」、里見「文章の話」、舟橋「現代文学の反省」、房雄「歴史に就て」、丹羽「インテリに就て」、白井「戦時国民性に就て」、河上「宣伝に就て」、大仏「従軍所感」、高見「文学者の弁」、火野「前線と銃後」。以上、『文藝銃後運動講演集』および『文藝年鑑（二六〇三年版）』による。
（3）内閣情報部は一九四〇年十二月六日に「情報局」と改組する。
（4）『文藝銃後運動講演集』に所収されているものは「事変と武士道精神」となっている。また別に『菊池寛全集　第一七巻』所収の「事変と武士道精神」があるが、いずれも内容についての大きな異同はない。
（5）片山宏行『菊池寛の航跡――初期文学精神の展開』和泉書院、一九九七年九月で考察した。
（6）文学部門の審査員は芥川賞の選考委員が行なうことになっており、菊池も名前があがっている。が、本文中の「話の屑籠」（一九四〇年三月、五月）を見る限り、菊池が審査段階で李光洙の作品を読んでいなかった可能性の方が高い。

（7）出席者は菊池のほかに、横光利一、河上徹太郎、保高徳蔵、福田清人、湯浅克衛。編集側からは崔載瑞。

（8）川村湊「馬海松と『モダン日本』」（『〈大衆〉の登場〈文学史を読みかえる②〉』一九九八年一月、インパクト出版会）が、『モダン日本』と馬海松のメンタリティーについて考察している。

（本稿作成に際し、馬海松については早稲田大学大学院生の郭炯徳《カク・ヒョントク》さんに資料の面で協力を得た。）

討議

李静和（司会）：こんにちは。きょうは、長い時間お話をきいてきました。最後のほうになると、二、三十人くらいが残るだけになって、ラウンド形式で討論すればいいかなと思っていましたが、思ったよりもたくさんのかたに最後まで残っていただきました。なんといっても、金石範《キム・ソクボム》先生がずっとこの場にいらっしゃって下さったことが、皆さんをこの場に残す、大きな力となったのだと思います。

私は成蹊大学の法学部で、政治思想というか、政治と文化について学生の皆さんと対話をしています。日本に来て、気がついたらもう二十年になります。それまでずっと韓国にいましたので、私の場合母語は韓国語であり、日本語は第二外国語として勉強してきたという立場になります。

きょうは、青山学院大学には初めて来ました。佐藤先生と片山先生にここにお誘いいただいて、たいへん貴重な時間を過ごさせていただきました。

金石範先生のきょうのお話の中でも、翻訳というコンセプトが出されましたけれども、私自身、これまであまり日本語との距離をはかることができないままできたな、と、お話を聞きながらあらためて思いました。その距離というものが、先生のおっしゃったような宇宙的な距離なのか、それとも四畳半的な私的な距離なのか、いまだにはかりきれてはいません。けれども、「文学的想像力と普遍性」という問題は、金先生のお話は一時間と少しだけでしたけれども、それをうかがっているとき、それは私にとってはあまりにも無限なもので、あるときは宇宙であったり、あるときは四畳半であったり、そういう時間でした。たくさんメモを取らせていただき、これからもいろいろ考えなければいけないことが出てきましたが、たいへん幸福な、また少し苦い思いを感じるような、そういう時間でした。

▲…李静和

また、崔真碩《チェ・ジンソク》さん、佐藤泉先生、片山宏行先生からは、それぞれすばらしい報告をしていただきました。金石範先生のお話から始まって、崔真碩さんの、身体を通じて役者としての、また朗読を通じて演者としての見事な応答がなされたと思います。佐藤先生と片山先生からは、私よりも

▲…佐藤泉

皆さんのほうがずっとご存知の、森崎和江と菊池寛というふたりの文学者に関する発表がありました。

　これを、どういうふうに議論していきましょうか。私は司会として、結論的にまとめようとはまったく思っていません。きょう、ここに来て下さった皆さんがまず感じたこと、おっしゃりたいことなどを自由にお話ししていただくことから始めることがいいのかな、と思います。短い時間でありますが、どうですか。

佐藤泉：今日は李静和《リ・ヂョンファ》さんに無理をいっておいでいただきました。あまり壇上になど上りたがらないという噂もある方です。実を言うと、司会をやってほしい、うまくまとめてほしいといったことではなく、ただ李静和さんの言葉を聞きたい、ということが私の心の中ではひとつの大きな目的になっていました。李静和さんの『つぶやきの政治思想』、あるいは『求めの政治学』という本を読んで、これはいったいどこから響いてくる言葉だろうかと思ったのです。『つぶやきの政治思想』には金石範先生の応答の文もありますし、これはいまさら私などが言うまでもありません。金石範先生をはじめ、李静和さんの本を手にとって、そこからまたさまざまな言葉が誘い出されてきたと思います。政治思想、政治学、それが詩に近い言葉で語り出される。今日のテーマは日本語となってはいますが、ことさらそういう必要もありません。私たちが「政治」と了解している場とはどこか違った場所から響いてくる政治の言葉、記憶の問題や語れないこと、語ってはならないこと、そういうもっとも繊細な部分にかかわって、ことばになるかならないか、という間合いのところで働く言葉が語られる。そういう李静和さんの言葉が聞きたいというのがひとつ、主催側のひそかな意図でした。司会などと、すわりの悪い場所にすわっていただいて恐縮です。

李静和：ありがとうございます。私の日本語は大丈夫でしょうか（笑）。

教室という場所は不思議な場所ですよね。いつでも、学生に戻れるような。今日のお話も、遠い時間をいったり来たりしました。金石範先生のお話はまさにそうでしたし、最後の菊池寛についてのお話も、菊池寛は一八八八年の生まれでしたか、そういう人物についての話を聞くことで、遠い時間を感じさせるものだったと思います。植民地支配とか、日本帝国とか、あえてそういうことばを使わなくても、きょう一日だけでも、ほんとうに遠い時間が流れて、あるいはよどんでいたり、止まったり、そういう不思議な体験をしたように思います。そして、その中で、ある建築物のような日本語といったものも、浮かび上がってきたような気がします。

皆さんの心、観念や身体の中に、どういう日本語が、入ったり出たりしてきたんでしょうか。私自身も、その入ってきたり出てきたりした日本語というものをじっと見つめつつ、いろんな思いを持ちましたけれど。

どうですか、学生になった気持ちで、どうぞ、ご意見を出して下さい。

会場A：前にある学会で、「植民地と日本語文学」というタイトルで金石範先生がお話をされたのを伺ったことがあります。そのときにも、今日のお話につながるようなことを言われていたと思います。今日のお話では、菊池寛についての御報告にも触れられていましたが、日本文学の「上から目線」「兄貴分」ということの御指摘があったと思います。金先生は、在日朝鮮人文学が、その枠を超えて日本文学に近づいたと、そういうことを言う日本の文壇人のお話をなさり、そういう文壇人に反発がある、とおっしゃいました。

私も、そのことは、不遜な言い方になってしまいますが、わかるんです。わかるんですが、私自身、日本人として何か批判されているような気がして。佐藤さんのご発表で、日本語をどうとらえなおしていくかというときに、森崎和江さんとか、金時鐘《キム・シジョン》さんとかのお仕事にふれながら、日本語というものから考え直していく思想の取っかかりを見つけたいと言われたことにたいへん啓発されました。それで、どなたに伺えばいいのか分かりませんが、菊池寛がまさにそうだったように「上から目線」といった関係性のあり方というのは本当にそうで、頭を抱えてしまうということがあるんですけれども、それを受け止めなくてはいけないということと同時に、日本人として聞いているといたたまれないような気持ちになる所があって、これをどうしたらいいのか、ということがあるんですね。

それから、私は中野重治の文学をずっと勉強してきたんですが、有名な「雨の降る品川駅」という詩がございます。これは戦前に書かれたもので、昭和天皇の「御大典記念」のときに追い払われる朝鮮人との別れを読んだ詩なんです。

その中に、有名な「日本プロレタリアートの後ろだて前だて」という一節があるんです。朝鮮人に向かって言ったことばなんですが、それを、一九七〇年代になって中野が反省するんです。自分のそういう言い方には、民族エゴイズムの尻尾のようなものがくっついていた、という文章を書くんです。中野研究のなかでは、中野重治はずっと朝鮮人の問題を考えてきた作家ということになっているので、研究者の中には、中野さんはわざわざそういうことを言う必要はなかった、と言う人なんかもいるんです。

七〇年代の金石範先生のお仕事を崔真碩さんが御紹介されましたけれども、中野重治に関して言うと、時代の流れとの関係があって、思想的に深化した部分があって、それこそ無意識のうちに差別的な感覚が含まれていたということを、晩年になって反省したんじゃないかと思うのですが、そのことを今日のお話を聞きながら思い出しました。

金石範：私が応えなければいけないかな。

そういうことでね、あなたが胸を痛める必要はないと私は思うんです。個々人では平等な関係性がありうるのに、社会的なそういう雰囲気とか、文壇なら文壇のね、そういうところで出てくるものというのがあるんですよ。在日の場合、戦後、文学だけじゃなくてね、告発するという姿勢はずっとありました。ひっくりかえそうというのだから。日本人の側は、同情みたいなものもあったし。そういう点で、俗な言い方をすると、在日朝鮮人側の甘えみたいなものがあったんですよ。いまはかなり変わってきたと思うけれども。

一九三九年に創設された「朝鮮芸術賞」の第一回受賞者は李光洙《イ・グアンス》という親日派の作家です。その翌年の四〇年には朝鮮語の新聞や雑誌がなくなる。朝鮮総督府の機関紙である『京城日報』という日本語の新聞はありましたが、それ以外の朝鮮語の新聞、『東亜日報』とか『朝鮮日報』がこの年になくなります。朝鮮語で皇国臣民とか天皇制にまつわる神懸かり的なことばについて表現するのは非常に難しいんですよ。今、忘れてしまいましたけれども、それまでは無理して、『毎日申報』などで、そういうことをやっていました。

それで、李光洙が一九四一年に『文學界』という雑誌に「行者」という二十枚くらいの原稿を書きます。これは小林秀雄に対する手紙なんですよ。小林秀雄は李光洙より十歳くらい年下です。朝鮮では、年の長幼が非常に厳格で、たとえば半ば冗談ですが、ひと月先に生まれただけで、もう兄貴になる。十歳の差というのは大変なものですよ。その李光洙が、小林秀雄にたいしてどういう手紙を書いたか。自分が日本人になるためには、そして、自分が中心になって、朝鮮半島の人びとを皇国臣民にするためにはどれだけ努力が必要か、綿々と訴えているわけですよ。これを読んだとき、情けないという以上に私は慄然としたんです。これに対して小林秀雄は返事をせず黙殺した。

あの時代、多くの朝鮮人が、とくに知識人が奴隷として迎合しているわけですよ。植民地根性という言い方もできるかもしれない。文学もそうですよ。菊池寛の目線という話がありましたが、目線というよりも、置かれている立場がそうなんですよ。

日本文学も、中野重治とか確かにいたけれども、それはプロレタリア文学じゃないですか。文壇の主流はそういったものじゃなかった。そしてそれが戦後にも引き継がれている。文学そのものが、私小説が主流であった。そういう流れ、雰囲気の中は私には馴染まないんです。

『鴉の死』は、はじめに一千部、同胞のやっていた小さな出版社である新興書房で出たんです。私はそこの同人ではなかったんですが、『文芸首都』という雑誌に発表してから十年もたってからですよ。たまたま、田村義也という、私の『火山島』をはじめとする本の装

▲…金石範

幀もやってくれている人が岩波書店の編集者で、彼が『鴉の死』を読んで衝撃を受けて、彼が動いてくれて講談社で出たりするんです。いずれにせよ、私の書く本は、日本の文壇にはあまり入らない。私が長編を書くのは、変な言い方ですがブルドーザーみたいなもので、ごり押しなんですよ。私みたいなこういうのが出てこないと、日本の文壇は目が醒めないですよ。在日朝鮮人文学が、日本文学に対してそういう位置にあったということは、自明の理なんです。金達寿《キム・ダルス》さんだって、そう思っているんですよ。

松原新一という評論家が、「在日朝鮮人の文学とは何か」という評論を、当時『群像』に書いてそのあたりのことを指摘していますが、日本の文壇の長老作家といった連中の間には、そういった、在日朝鮮人の文学を下に見る見方というものがずっとあります。私はもともと、若くして小説を書き始めたような人間ではないし、在日ではあるけれどいろいろ紆余曲折もありました。けれども、日本社会のそういう雰囲気というものには妥協できない人間なんです。『鴉の死』は、そこではアメリカへの批判は入っているけれども、べつに権力批判の作品ではありません。日本批判をしたものではない。けれども、それは日本の文壇とはほとんど関係のないところから生まれた作品です。私に言わせれば、それまでの在日朝鮮人文学は日本文学の亜流ですよ。自分で言うのもおかしいけれど、私のものはそうではない。もう半世紀も前に書いた作品ですよ。この『鴉の死』の延長上で私はやってきた。『火山島』もそうです。書いた後で気がつくんだけれども、『鴉の死』という、あの百五十枚ほどの小説がなければ、『火山島』という一万枚の長編も生まれてこなかった。それは、おそらく私が長生きをして、過去を振り返ることのできる歳になったから、そう思えるのかもしれません。

仕方ないんですね。日本は、歴史の過去清算が十分できていない国であるし、韓国の場合も、日本帝国主義の手先を務めた人物がずっと政権を握ってきたわけですよ。李承晩《イ・スンマン》はアメリカから帰国したわけだけれども、彼の基盤政党である韓国民主党は、昔の親日派の親分たちが中心の政党です。東亜日報をつくった金性洙《キム・ソンス》とか。つまり、親日派を土台にした政権だった。その彼らが、たくさんの同胞を殺して政権を樹立した。そして、日本軍の将校だった朴正煕《パク・チョンヒ》など、みんなその流れを汲んでいる。それがやっと、金大中《キム・デジュン》政権で断ち切ることができ、盧武鉉《ノ・ムヒョン》政権下にそれを徹底することができた。ただし、李明博《イ・ミョンバク》政権が登場したので、また、時計の振り子みたいに揺れることになるのかもしれないけれど、つまり、朝鮮の側にも、同じように過去清算ができないできた歴史があるわけですよ。かつての奴隷が権力者になっていたわけだから、当然過去の清算はできない。日韓会談も、かつての親分・子分の関係で話し合ったんだから、「日韓国交正常化」などではけっしてなくて、「非正常化」の始まりというべきですね。そして、それが既成事実となっていった経緯がある。

ですから、いま、ようやく韓国がそういった歴史を自己批判して、過去の歴史を清算することをはじめたことによって、はじめて日本を正面から批判することができるようになった。日本の手先となって愛国者たちを殺してきた連中が、日本批判なんてできない。選挙などで国民の票目当てで日本批判を口にしたりしますけれど、本当に日本批判なんかできないんです。おのれ自身の過去を自己批判しないできたからです。韓国は今、済州島《チェジュド》での虐殺を、過去の国家犯罪として認めているし、親日派の歴史を清算しつつあります。日本の側が遅れているんです。

文学の話に戻すと、そういった影響を在日朝鮮人文学というものもまた強く受けていたということです。プロレタリア文学の影響も受けてきたかも知れないけれど、文壇の文学の影響を強く受けてきた。日本のプロレタリア文学だって、私小説的な世界に強く影響されていますね。

私は私小説を否定しているわけではないですよ。私というものをさぐっていけば、底の部分で大きな普遍性というものに突き当たるはずです。個であって個でない、芸術が個を通して普遍に至るのは、私ではない別の個に、普遍へと通ずる個があるからですね。地中では絡み合い、つながりあっている。ですから、私小説がそういった普遍的な広がりを、個を通じて書くことで、宇宙的な広がりを持つことはできるんです。ただ、一般的な私小説は、社会と個を遮断しているでしょう。もちろん、戦争中に文学村みたいにして固まって、私小説の世界に逃避して閉じこもっていったのは、戦争に積極的に協力しないだけましだったわけだけれども。

そういったものは、実は私の中にもある。けれど、私は、私の内部のそういうものに反発することでがんばってきたつもりです。ですから、一番はじめのご質問の中身にもどると、日本と朝鮮とのそういった関係にたいして、あなたが心を痛める必要はないんです。そういった流れのありかたに距離を保ちながら、それを超えていく方法を考えていけばよいと思う。私の言い方がけんか腰に聞こえるかも知れないけれど、実はわれわれ朝鮮人の側の問題であると。……答えになっていないかな（笑）。

李静和：このままずっと夜まで、金先生のお話を聞いていてもいいな、という気がしていたんですけれども。

そうですね、「距離の持ち方」といったことを先生が最後におっしゃったんですが、私もたまたま、こうして皆さんと一緒に日本語を読んでお話ができるようになって、幸福なことだと思います。それで、金先生のお話を聞いたあとで、李箱《イ・サン》についての御報告を伺い、次いで、森崎和江、菊池寛というふうに話が流れてきたのですけれども。

それで、金石範先生のお話のあと、これは金先生もおそらく想像していなかったと思うのですが、ご自身の後輩でもある崔真碩さんから、直接の応答を貰いました。ただそれは、今現在の先生のお話とか、書かれたものに対する直接応答ということではけっしてありませんでした。それは七〇年代の、まだずっとお若い頃の金石範さんにたいする崔真碩さんの応答、ということでした。私はいつも、ことばと対面しながら、どう時間というものを追いかけ、またずらしていくのかということを考えるんです。それは、私の場合、日本語ということばの長い歴史というものと、母語である朝鮮語のもつ歴史との、ぶつかり合いやすれ違いというものがあって、その間にあって、どう自分の言葉を掴むかという、そういう課題があるからだと思います。そういう意味でも、きょう、崔真碩さんが、今ではなくて七〇年代の金先生に応答したということに、非常に感銘を受けました。

それから、菊池寛についてのお話ですが、法学部に所属している者ですのでひとこと言わせてほしいのですが、合理主義のもつメンタリティというものの問題性を問うている内容だと思いました。つまり、人が持ちえている、あるいは持つことがよいとされている合理主義というものが、植民地主義において徹底的な同化政策へと帰結してしまうわけですね。菊池寛という一人の人物を通じて、たぶん片山先生は、ご自身もおかれている現代合理主義のメンタリティを、どう理解するか、あるいはどう理解してはいけないか、そういうことを課題とするために、菊池寛という人物にぶつかったと思います。ですが、それを、その当時の生まの日本語のことばとして聞いたとき、私の意識は、ある種遠くへと運ばれてしまうような気になりました。

今日のお話の中で使われた資料の中に、大変面白いものがありました。馬海松《マ・ヘソン》が、かっこいいサングラスをかけて写っている写真［一二六頁の写真］の下に、息子である馬鐘基《マ・ジョンギ》さんがハングルで書いたコメントがついているんですね。一九五〇年頃から父親がなぜ、サングラスをかけていたのか、ずっと聞くことができなかった、と。このコメントを、非常に重要なものと私は思いました。この一枚の写真、資料の中に時間性というものをどう読み解いていくかということが、日本語という世界を行ったり来たりしているときに、のぞき見ることができたように感じました。早稲田大学の大学院生の郭炯徳《カク・ヒョントク》さんから資料の提供を得たということですが、こういう資料を使いながら郭さんがどのようなご研究をなさっているのか、とか、今日ご紹介された資料の中で、日本語で書かれている馬さんについての紹介のことばとか、つまり同じ日本語であっても、いろんな日本語が響き合っていることが感じられるわけです。そういうことを考えさせるたいへん興味深いテキストであると私は感じました。

それから、森崎和江。日本語を母語にしている皆さんは、まず日本語として森崎のことばがすっと入ってくるわけですから、佐藤先生が、そのテキストを追いながら、ある可能性や希望というものを読もうとしていくことは、よく理解できます。その上で私は、森崎和江が十七歳まで朝鮮にいたというまぎれもない事実のなかで、彼女は朝鮮語を覚えることができたはずなんですよね。けれども、朝鮮の中にいながら、まったく日本語だけの世界のなかにいた。でもそれは、やはり植民地におけるちがった日常の中にいたということであるわけです。だからこそ、二十年後にもう一度彼女は、自分のことばとしての日本語というものをつきつめて、徹底的に思考しようとしたのだと思います。でも、森崎和江以外の、第二、第三の森崎和江にとっては、その朝鮮語体験というものはどうだったのかと考えます。そういう人が、今の、ではなく、当時断片的にでも覚えた朝鮮語があったとすれば、それはどのように発音されるものであり、どのような表現になるのか、それを私はのぞいて見たいという気がします。

その時代を、植民地ということばで限定することはやめましょう。ある時代を生き延びた、日常のたくさんの森崎和江、あるいはたくさんの菊池寛、あるいは私。その間によどんでいたたくさんの日本語、あるいは朝鮮語、どういうふうに名づけるべきかはわかりませんけれども、そういったものが今、私たちの目の前にどのように現れているか、そういうことを渾然となって去来させるようなお話が続いていたと思います。

あまり私が長くお話しすると、司会という立場を忘れてしまいますので、この程度にしまして。また、会場からありましたら。

会場B：私もことばというものに大変興味があります。私は外国に十四年くらい住んでいたんです。そのひとつのきっかけとして、自分のこの身体の中に、外国語というものをまるごと入れて見たらどうなるのだろうか、そういう実験みたいな考えもありました。それで、きょうの金先生のお話などを、沁み入るように聞いたんです。それで、もう少し金先生に伺いたいのは、世界を全体として捉えるということです。それは具体的には、どういうものとして考えたらよいのか。

金石範：世界というのは、なにも地球大の、そういうものではないでしょう。全体としてとらえるというのは、たとえば、部分的なことを書くんだけれども、それが部分的なものを超えた部分を含んでしまう。人間存在は個ではあるけれど、同時に全体的なものですね。個は個なりに完結しているけれど、たとえば自分以外の個も同時に個として完結している。自分という個だけがあって、ほかのものはすべて客観世界として静的に存在

しているというものではないわけです。自分という個の部分は捉えやすいし、感じやすい。つかまえやすいからこそ、まず個から書くわけじゃないですか。だから問題は、個から書いたとしても、それが個を超える全体を書くことになるかどうか。この、全体という表現がよくないのかな。とにかく私は私小説的な発想が嫌いなのですが、普遍的な存在としての個を書くべきだということなんです。完結した個は、それで全体というわけではなくて、その一部であるということ、そしてそれは切り離された一部というものでもないこと、その一部の中にかえって全体があるということです。個は全体の一部分で、また個のない全体自体はありません。全体は個の総合です。個人を突き詰めても、普遍的なものにつながるんじゃないか。たくさんの登場人物を造形して、全体的なものを書いていく。いわゆる全体小説というのはそういうものでしょう。全体というのは、地球大のものじゃなくて、ひとつの社会、あるいは時代でいいんです。そういう全体的な視野ということですね。

自分自身のことを考えても、形としては個であるけれど、どこに完結した個があるでしょうか。お互いに個と個があって、それがつながりあっている、目に見えない関係ですね。私が『火山島』を書いた時には、それはひとつの時代であり、歴史のないところの歴史を書くことでした。その後、済州島事件についても全貌が語られるようになり、歴史が浮かび上がるようになってきました。けれども、そういったものとは違う、私なりの現実としての済州島事件を書いたわけです。事実を写し取ったわけではない、観念の、フィクションの世界です。それが事実の世界ではないからといって生命をもたないということはない。フィクションで構築された世界が、現実に照応し、現実世界を逆に照射する。そこでひとつの運動的な関係が生み出されていく。

小説という形で構築された虚構的現実にも、虚構なりの法則というものがあります。機械論的なものとはちがう意味での法則性が、その作品世界の中にいきる人間にも働いているわけですね。そういった法則性みたいなものが貫いていかなければ、まとまった、全体としての作品世界というものはできないんじゃないでしょうか。私の言う全体という意味は、そういう意味ですね。だから、全体を捉えようとすると、どうしても長編にならざるを得ない。話がちょっと抽象的にすぎたかも知れませんけれども。

李静和：片山先生、佐藤先生、崔真碩さんからもひと言どうですか。

片山宏行：私は、文字通りの報告だけになってしまって、いま、李先生からもいろいろご指摘を頂戴しまして、そういう方向で読み直していくことも十分可能だなと考えさせられました。また、金先生からも、日本の文壇の状況とありよう、その場面場面の力学と個人的なありよう

▲…片山宏行

というものがあって、それが今なお脈々と続いているということについてあらためて確認させられました。

佐藤泉：きょうは、キーワードとしてもうひとつ「翻訳」ということばがありました。まさに翻訳者においでいただいたわけですし。さきほど金石範先生は、御自身が日本の私小説的な伝統を拒否して出発なさったというお話をなさいました。私も、先生の作品を読んでいて、思想的に日本文学と切れている、日本文学にみあたらないリアリズムの骨格とでもいうような何かを感じました。これはどういうことだろう、それが、翻訳ということばで解けるのではないだろうか。崔真碩さんのお話にもありましたが、日本の近代文学というのは、まさしく翻訳から始まったわけですね。フランスの自然主義や、ツルゲーネフを訳すことによって、日本は近代文学を生み出していった。この場合の翻訳は、フランス語やロシア語を日本語に移すという、私たちがよく知っている作業です。ところが、金石範先生の場合、オリジナルそのものが翻訳で、それがとても不思議な感触でした。翻訳とオリジナルとを比べた場合、オリジナルの方が優位というのが通常の考え方なわけですけれど、金先生の場合、その二分法をつきくずしてしまいます。金石範先生は、日本に住んで済州島を舞台としてフィクションを構築された。その作品と私たちが、どう距離をとっていいのかはまだよくわからないですね。フランス文学やロシア文学であれば、ああ、その翻訳なんだなと了解できる。けれども、金石範先生の文学は、そういうものではなかった。そこで、翻訳というものを、別の仕方で捉える必要があるし、そこに重要な思想が隠れているのではないかと、そのように思ったんです。

きょうは、金石範先生の文学論、そして翻訳の現場で闘っている崔真碩さんのお話、それから司会の李静和さんの豊かな日本語——こうなると日本語という括りがうとましい気がしますが——を伺って、とても示唆的でした。ありがとうございました。

崔真碩：きょうは熱くなりすぎたかもしれず、すみませんでした。もっと冷静に話そうと思ったんですが、燃えてしまうんですね（笑）。李静和さんのお話を伺って、ハッとさせられると同時に、納得させられるところがありました。一九七〇年代初めの金石範先生に対して、僕はさっき、そんなに焦る必要はありませんよ、朝鮮は死んでいないし、ことばの命脈は絶えないですよ、と、そういうことばをかけたいと言ったんですが……。

金石範：もう七〇年代は過ぎちゃったよ。間に合わないよ（笑）。

崔真碩：僕は、『ことばの呪縛』が出版された七二年にはまだ生まれていなかったんです（笑）。七三年に生まれたので。ほんとうは、目の前の金石範先生に対して、若い世代はがんばっていますよ、と言うつもりでいました。でも、そのように言ってしまったというのは、僕自身予想外で。別に、目の前にいらっしゃる金先生が怖いから、せめて昔の先生にたいして声を掛けたいと言ったわけではない（笑）。李静和さんにさきほど指摘されて、あらためて思いました。どうしてかな、と。

▲…崔真碩

この漂っている時間の感覚というものがあるんですね。今日お話しさせていただいた李箱も、僕にとっては七十年前に東京で亡くなった李箱なのであって、僕にとってはこの七十年というのは決して遠い昔の過去ではない。共に在る時間という感じがずっとしていますし、また、作品自体古びてはいません。きっと、翻訳という行為自体、この漂っている時間の中に飛び込んでいく行為なんじゃないか、そこで、李箱と対話し、李箱に私が内在化する。七〇年代初めの金石範先生とも、僕はそうやって向き合っていたのだと思います。

それはもちろん、翻訳者だけができることでは決してなくて、普遍的な対話の在り方というか、文学との出会い、ことばとのつき合い方であると思います。

さきほど、日本人として何か批判されているような気がするということを述べられた方がいらっしゃいましたが、僕は、ご専門でやられている中野重治を翻訳してみればいいと思うんですよ。金先生は迫力のある方ですから、責められているような気がするのは仕方がないですが……。

金石範：そんなことないよ（笑）。

崔真碩：そうですね、すみません（笑）。金石範先生がさきほどおっしゃったように、韓国もまだまだなんですよ。六十年も経ってやっと、済州島四・三事件についても日の目をみたんです。これからなんです。もちろん、その虐殺には紛れもなく帝国日本の影があったわけですが しかし、いまの日本は、韓国におけるそうした真相究明の動きを受け止めることができないままです。そのこと自体、もちろん責められるべきです。でも、それとは別の問題として、中野なら中野を翻訳し、そこに飛び込んでいくことで始まることがあるんじゃないですか。とくに大げさに考えなくても。だいたい読むという行為自体、そういうものじゃないですか。

李静和：そろそろ時間も迫ってきました。きょうはほんとうに秋晴れで、家を出る時、空気のおいしさを感じてきたんです。その感覚は、韓国でも同じだなと思いました。

きょう、金石範先生がおっしゃった、宇宙と四畳半の比喩というのが、私は本当に面白かったんです。日本語だから四畳半でしょうが、韓国語なら屋根裏部屋（タラッパン）とでも言うんだろうなあ、と思って、そういう思い掛けない所でことばとか翻訳の問題が出てきて、とても面白く感じました。きょうは愉快な、いろいろなことを考えさせられる日でした。でも、難しいですね。私自身、これからもどんなふうに日本語とつきあっていくのか、いろいろ考えさせられます。

きょうは、長い時間、どうもありがとうございました。

［解説］

非場所の日本語

朝鮮・台湾・金石範の済州……佐藤泉

彼女はその時、すでに死んでいた人間であった。――玄基榮『順伊おばさん』
このときふと、山部隊たちは鬼籍に登録済みの幽鬼と同じではないかという考えが眼をこすって走った。――金石範『万徳幽霊奇譚』

金石範氏はある座談会で「在日朝鮮人のことはほかの人が書け、おれは朝鮮のことを書く」と発言している。[★1] 相手もあり話の流れもある座談会の場から切り離してこの部分だけ引用すれば、いたずらに誤解を招き寄せることになってしまうかもしれない。当然のことながら、在日朝鮮人の実存をテーマとする作家であれば朝鮮になんの関心もなく、朝鮮を書く作家といえば「祖国」のみを見つめているというわけではない。いたずらな誤解というのは「在日志向」「祖国志向」という二分法めく言葉がさらなる「分断」を積み重ね、その二つのうち三世四世と世代が移っている今「祖国志向」はもう古い、という価値付けを強化する、といった諸々の事態である。[★2] そのようなトラブルを望むものではもちろんないにもかかわらず、ここで先の言葉を引いた理由は、それが在日朝鮮人の文学者・金石範氏の特異なポジションを鮮やかに示すように感じるからであり、またそのポジションが、ことに世紀が変わる前後から新たな文脈を得てその重要さを増しているためである。

金石範氏の生涯のテーマは、氏の故郷である済州島に起こった四・三事件である。韓国現代史の闇として長く封印されてきたこの事件も、韓国社会の民主化によって、朝鮮戦争での民間人虐殺をはじめとする冷戦下の国家暴力とともにその封印が解除され、真相究明の光の中に置かれるようになったことは日本社会でもある程度知られている通りである。四・三事件をめぐる歴史の解明は、単に過去にあった事実を明らかにする作業であるばかりではない。これまでその事実を不可視化し、口に出して語ることも、記憶に残すことさえも封じてきた「力」を批判的に問い返す現在の作業に通じているのである。

冷戦という国際政治レベルの構造は、韓国を社会的レベルにおいても強固に構造化し、反共国是と「アカ」との二分法を通じて、個々人の感覚、感性、知のあり方を枠付けてきた。金石範氏が四・三事件についてしばしば「記憶の他殺、記憶の自殺」という言葉を使ったように、いったん「アカ」の烙印を押された済州の人々は、まず容赦ない暴力によって沈黙を強いられ、のみならず自ら記憶を消すことによって冷戦と軍事独裁の時代のなかで生存しなければならなかった。記憶と忘却をめぐるこのような問題は、歴史家による解明作業とともに、おそらく精神分析や文学の、人間学的な作業の介入を待つ種類のものだが、その意味からも金石範氏の半世紀をこえようとする軌跡は、文学の内側から文学の枠をあふれ出てそこに普遍的なテーマを与えるものであり続けた。

四・三事件は朝鮮半島の南北にそれぞれの政権が成立する前夜に始まる事件であり、分断を阻止するためのあらかじめの異議申し立てだった。ひきつづき苛烈な国家暴力の舞台となったこの事件は、韓国内部の一事件にとどまらず東アジア戦後秩序の形成にかかわる最も重要な契機であり、なおかつその最も早い事件、金石範氏が書いているように、第二次大戦後におこった最初のジェノサイドである。その後には米国軍によるベトナムでの虐殺があり、近年のイラク侵攻の構造さえそこから見通されてくる。済州四・三は、日本の植民地体制が敗退した後の東アジア地域にとってことのほか残酷な「始まりの出来事」の意味をもつ。冷戦の緩和と韓国社会の民主化を待ってその封印が解除へと向かった事実も、やはり朝鮮半島の南のごく小さな島に、戦後秩序形成という世界史レベルの軌道転換の重量がかかったことを照射するものである。

ここでは、金石範文学を在日朝鮮人文学の文学史的文脈に置くと同時に、それに重ねてこうした東アジア冷戦と、冷戦下でおこった暴力の記憶／忘却の文脈に置きなおしたい。そのために、まず朝鮮戦争の記憶をめぐる文学、次に台湾での左翼粛清事件を扱った文学を取り上げたい。それらは一度、正史から抹消された事件であったため、その再記憶の技法としてリアリズム思想の刷新という文学的な事件をもたらす結果となった。こうした文学的ドラマの経験を欠落させてきたのはただ日本社会だったことにも気づかざるをえない。

過去を検証し清算できない国家を民主主義の国家と呼ぶことはできない。のみならずそうした国家のもとでは、その意識なく社会的記憶のある重要な部分が抑圧され、それがまるごと巨大な死角を形成する。なによりそれが日本の文学を乏しくさせてきたのではないかと、これは立証可能な事柄ではないながら自分自身がその環境の内にいる者として、しばしば鈍痛のように感知するところである。

東アジアは地理的実体というよりも、かつて日本の帝国主義・植民地体制の下に形成され、その負の遺産のうえに、冷戦期の米国が自らの影響力を重ね書きしたヘゲモニー空間である。[★3] 米国は、是非はともかくこの地域を一体の戦略空間として視野におさめている。ところが日本の文学的言説がこの事態を解釈するときの図式は「アメリカと私」といった奇妙な主観性の内に閉じられていた。この図式は「私」以外の東アジアを否認し、「世界」を日米関係へと縮減してしまい、そのため日本は冷戦体制の下で日本に配分された特恵的位置と、そこで自らが実際に担った客観的役割を理解しそこなってきた。「優秀で勤勉な国民性」が戦後の繁栄をもたらした、という説明は正確とはいえない。

江藤淳によれば、戦後日本は米国の透明な精神的支配によって「閉ざされた」空間だが、[★4] それは擬似問題にきわめて近い。むしろ逆に戦後日本は日米関係の枠内に自らを「閉ざし」、それによって植民地支配とアジア侵略の過去を自らの記憶から締め出してきたのではないかと思われる。日米関係という認識の図式は、必然的に死角を持つが、その死角の中から語る他者として、金石範氏は次のように書いている。

「日本はアメリカの一国の支配ですみました。しかもアメリカは天皇制を温存したまま日本を資本主義陣営に組込んでいちおう去りますが、しかし朝鮮では植民地支配を続け、多くの残虐行為や虐殺を行ってきたのです。[★5]」

東アジアという一体の枠組みのうち、沖縄を除くところの日本に「平和」と「民主主義」が配置され、他の場には民間人虐殺、民族分断と家族の離散、そして軍事基地と基地経済が配置された。この不均衡はあまりに明白だが、「日本と米国」図式は、その明白さを死角に沈めた。日本社会が日々忘却しようと努力し、その結果忘れたことも忘れてきた項目は、日本を取り巻くほぼ全域にわたっており、その結果、ここだけドーナツの穴のように虚ろである。図式じたいをかえる必要があるのだが、そのために本稿では朝鮮戦争前後の事件に取材したいくつかの文学作品を手がかりにしたい。

韓国の作家、黄皙暎の『客人』[★6]、台湾の作家、藍博洲の『幌馬車の歌』[★7]、そして金石範と済州島四・三事件の文学は、どれも冷戦秩序の下で整序された公式的な歴史記述から人為的に消された記憶を復元する作業としての文学であり、したがってどれも失われた記憶、死者＝他者の記憶を記憶しなおす回路として、リアリズムをめぐる緊張した思考に貫かれている。一方、文学的リアリズムを最も小さく定義し、そしてそれを「のりこえ」た日本文学は、結果からいえばフィクションと証言の間、記憶と歴史の間で文学の思想を練り育てるチャンスを逃がし続けた。「閉ざされた言語空間」をこの視点から見直すことによって、日本文学の「伝統」を解きほぐしたいと思う。

『客人《ソンニム》』――朝鮮戦争の記憶

韓国の代表的な作家・黄晳暎《ファン・ソギョン》は、朝鮮戦争の際に起こった住民虐殺事件を取り上げ、『客人』を書いた。まず、ストーリーをごく簡単に要約しておこう。――米国に渡って二十年になる韓国人牧師、柳尭燮（ユ・ヨセフ）は、在米・在日同胞の故郷訪問団一行とともに、四十年ぶりの故郷、朝鮮民主主義人民共和国を訪問する許可を得る。出発を前にして、やはり米国に住む兄・ヨハネ長老がこの世を去り、その小さな骨片をたずさえてヨセフは共和国に向かう。故郷の各地を訪ねるヨセフの前には、北に残った親族のみならず、朝鮮戦争当時、兄ヨハネたちキリスト者によって虐殺された人々の亡霊が次々に姿を現し、あの時何が起こったのか語り出す

――。

作者の黄晳暎は八九年に朝鮮民主主義人民共和国の「朝鮮文学芸術総同盟」の招請を受けて訪北し、そのため九一年までドイツで亡命生活を送ることになった。その秋に、ベルリンで「壁」が崩壊する。その後、米国滞在を経て帰国するが、ただちに国家保安法により逮捕され、五年間を監房で暮らした。九八年春に釈放され、その後〇一年に発表された『客人』は韓国社会でベストセラーとなった。ヨーロッパ冷戦を象徴していた「壁」が目前で崩壊したとき、東アジアの分断国家の作家は何を感じただろう。その歴史的感触は、おそらくこの作品の構想にとっても大きい意味をもったのではないかと思われる。

朝鮮戦争の意味を、虐殺されあるいは避難民となった被害者の立場から考えるという問題意識に立って研究した金東椿氏によれば、朝鮮戦争の際の米軍による民間人虐殺は、近年明るみに出た老斤里事件をのぞいてほとんど記録されていないながら、当時イギリス労働党機関紙『デイリーワーカー』紙の記者は「ナチが行なった最悪の行動よりももっと残酷なもの」だったと表現している。同記者は、米軍による北朝鮮地域に対する無差別爆撃について、元山爆撃では一夜にして一二四九人が死亡、二度の爆撃で市の全体が焦土化したと書いている。[★8] 朝鮮戦争前後の民間人虐殺の被害規模は、二〇〇五年に組織された「真実和解のための過去事整理委員会」他の事業によってようやく明らかにされつつあるが、それまでは重要な「同盟国」たる米国の戦争犯罪行為に関しては、韓国の社会的感性そのものを構造化していた冷戦の規制下で長く封印されてきた。味方でないなら「アカ」という二項対立図式が支配する場にあって、味方の瑕疵をあげつらうことはすなわち利敵行為に直結した。

作品にも描かれているように、共和国側では黄海道信川郡の大量虐殺を米軍によるものとして説明している。しかし、近年確認された米国側の資料によれば、米軍が直接信川郡で住民を殺害したのではなく、地方の右翼が先頭に立って行なったものであることが確認されており、[★9]それは小説『客人』にも反映されている。さらに作品の中心軸は、右翼のみならず、その列に加わったこの地域のキリスト教徒の動きにおかれている。

植民地支配の時代に、宗教的、民族的な立場から日本天皇制に抵抗し神社参拝を拒んだキリスト教徒は、社会主義者らと並んで誇りとともに解放を迎えることができた勢力だった。ところが『客人』に描かれたキリスト者たちは解放後、矛盾とも見える複雑な軌跡を描くことになる。植民地支配からの解放の喜びも束の間、朝鮮半島は南北に分断され、南は米軍政下におかれる一方、北では人民委員会による土地解放が進められた。この土地改革は、キリスト者に必ずしも利益をもたらすものではなかった。彼らは近代のスタートとともにいちはやく西欧の思想文化にアクセスできた人々であり、言い換えるならそのうち少なからぬ部分は朝鮮社会の中でも相対的に豊かな階層に属していた。土地解放は地主層にどのような心理変化をもたらしただろう。自分の土地財産を没収され、あろうことかそれがかつての小作人、文字もよめない無学な下男に配分され、そのうえ「やつら」がかつての主人に対等な口をきくようになる。こうした論理で、作品中のキリスト者、かつて社会主義者と同様に抗日の立場にあったものが、今度は「アカ」を根絶やしにすべく反共の立場へと転じていく。★10

五〇年六月二十五日、三十八度線主要地点で攻撃を開始した共和国人民軍は、四日目にはやくもソウルを占領し、その後もさらに戦線は南下した。ところが国連軍の名の下に米軍が参戦し、九月に仁川上陸作戦を成功させると形勢は逆転し、二十八日にはソウル「奪還」、南朝鮮地域を再占領するに留まらず、さらに中国国境近くまで北上する。が、十月、中国志願軍が参戦すると米韓軍はふたたび押し戻されて戦線南下、つまり戦線は局面ごとに半島全体にローラーをかけるようにして往復し、そのたびごとにおびただしい数の住民が避難民となり虐殺の犠牲となった。軍隊による暴力だけではない。人民軍占領下で人民軍に協力した「附逆者」が、あるいは逆の立場の「協力者」が、そのときどきの戦局によって集団処刑や報復的暴力の犠牲となった。こうした事件が朝鮮戦争停戦後の社会を深い沈黙で縁取ることになる。『客人』に描かれるのは、こうした戦況ゆえに、複雑に入りくんだ形で発生した住民間の暴力である。

こうした事件について「同族の殺し合い（同族相残）」という理解は不十分である以上に浅薄であろう。信川郡での暴力が発動されるのは、米軍の仁川上陸成功によって戦況が逆転しようとする瞬間のことである——作品中に、主人公の兄ヨハネとその仲間であるキリスト者との間でやり取りされた次のような手紙がある。「去る九月に米軍が仁川に上陸したそうだ。今度は俺たちがアカどもをやっつける番だ。十字軍が黄海道に入ってきたら俺らが先に立ち上がる。いっせいに立ち上がる準備をしよう。ハレルヤ。」

彼らは米軍を「我われの自由の十字軍」と呼び、その介入を契機として、五〇年十月十八日から「アカ」をやっつける惨劇が本格化する。米軍が直接手をくだしたのではない、が、米軍介入が契機となって住民間の暴力が発動した。つまり米軍は朝鮮北部の一地方でおこったこの事件を外側から成立させつつ、それ自体ではない額縁として機能したのである。

ではそこで何が起こり、誰がそれを語るのだろうか。外国軍でなく隣人が隣人を殺害する――小説の中では、子どもの頃に魚取りを教えてくれた下男、昔話をしてくれたおじさんを電信柱に針金で吊るし、数百人を壕に閉じ込め、空気穴からガソリンを注ぐ。このときの犠牲者の一人に、解放前には家族も家もない住み込みの下男だった「一郎」がいる。この名は、まずはじめには、名なしの彼に植民者日本人が付けたイチロウだった。解放後、文字を覚え自由や権利の観念に出合った彼は、人民委員会代表の「朴一郎」、パクイルランとなる。が、そのためにかつての地主の憎悪を集めることになった。

こうした記憶はそのまま公的な歴史に編み込むことのできるものではない。共和国を訪れたヨセフは、かつて住民虐殺が起こった信川に建設された「米帝虐殺記念博物館」を参観する。この博物館は、住民の四分の一が犠牲となった事件を米国の残虐行為として説明し、その犯罪を告発する施設として存在している。だが、ヨセフは博物館を参観する人々のなかに、事件当時兄ヨハネらによって殺害された「淳南おじさん」や「一郎」の姿、死者たちの姿を見かける。

ヨセフは彼の案内役を担当する共和国の指導員から、民族が南北に分かれ、現在まで続く苦しみをもたらした根本的な原因は「外勢」にあるという説明をうける。表層にあらわれた現象の奥には「根本的な原因」があり、その原因とは歴史的に朝鮮を支配した日本と、その後にやってきた米国と二つの「外勢」であることを忘れないでほしい、というのである。事実、韓国政府に対する絶対的な影響力と朝鮮戦争当時の作戦指揮権を掌握していた米軍の黙認と直接的な作戦遂行が、南北の多くの民間人にぬぐいがたい被害を負わせたことは明らかにされつつある。表層ならざる「根本」への視線を欠いては朝鮮戦争下の悲劇を理解することはできず、それを抜きに陰惨な「同族相残」に目をひかれるのは、傍観者の無責任なまなざしにすぎない。だが、同時にそのとき実際に殺害された個々の人々の記憶は、公的歴史のディスクールに場所を得ることができなくなり、それらは語りえない記憶として封印されざるをえない。公式の歴史と個々の記憶の間の齟齬。ここには戦争記憶のジレンマが極限的な形で突出している。死者の記憶が歴史の中に場所を持つことができないなら、その死者たちは自らの死を全うできないだろう。さらに、殺した側もまた狂った夢から醒めたあとの苦しみを負って生きねばならないともいえる。二〇〇九年現在、決して平たい外交道程とはいえないようだが、朝鮮戦争終結がようやくにして当事国の想像に上るようになったのは、もちろん東アジアに希望をもたらす出来事であったにちがいない。対戦国政府レベルで講和のサインが交わされたならそれは当然すばらしい歴史の進展だ。が、だとしても人々の記憶の澱と苦痛がひそかに残留しつづけるとしたら、それを真の和解と呼びうるだろうか。

おそらく、それゆえに小説『客人』には語り得ないことをなお語るための技法が導入される。大文字の歴史叙述によって不可視化される数々の記憶のために、いわゆる客観的なリアリズムとは異質の、もう一つのリアリズムが創出されるのである。

「たぶんこれが最後になるだろう。私たちみんなが一所に集まった。

ヨセフは壁伝いに長く列になって立っている亡霊たちを見廻した。およそ十人くらいいるように見えた。それは月のない晦日の夜、庭先の干し紐に掛けられた白い洗濯物のように、闇に染まりきれないほの明るい闇の中にぼんやり見えていた。(略)淳南おじさんが話し始めた。

おれたちはヨハネを連れて行く前に、彼が殺めた人らを解き放してやろうと思って集まったのだ。人は死ねば、犯した罪はみな消えるというが、あったことは真相をありのままに明らかにしておかなければならないのだ。

生者であるヨセフと叔父は居間の下座に座り、ヨハネと淳南との亡霊は彼らの向かい側に座った。そしてその他の村びとたちの亡霊は、立っていた壁際からすっと滑り落ちてその場に席を取った。彼らはなんとなく男女の区別が出来るだけで、誰が誰なのかはっきりとは分からなかった。

夢の中でのように前後の順序も繋がりもなく、ある場面では詳しく、別の情景では簡略されて話が繰り広げられた。」

生者と死者が同じ平面に集まってひとつの場を開き、かわるがわる証言に立ち、「歴史」として整序されない出来事、自分がその場から見た事実が語られる。

正統的リアリズム文学の理念からすれば、まず客観的な事実の総体が存在し、部分はその全体のなかに適切な比重と位置を得て配置されることになる。だが、この小説が扱おうとしている出来事の場合、そうした構築法にはそもそも意義がない。死者の眼がとらえた光景、その証言は、公式の歴史叙述の全体性からあらかじめ締め出され、位置を奪われているためだ。個々の証言は、事件の総体やそれを条件付ける構造をトータルに見渡す視点に立ってなされてはいない。自分が偶然そこに身をおいていた、その位置から見たことを語る証言の連なりは、まさに「前後の順序も繋がりもなく、ある場面では詳しく、別の情景では簡略され」るほかはない。それは夢の論理にも似るだろう。もちろん、整序された物語が必要というならすでに公的歴史のディスクールが存在している。しかし、死者たちの記憶は、そこに配置され得ないものだった。歴史の言葉と証言の言葉とは、それぞれ相互に異なる次元にあり、固有の言葉の質を持っている。そして、証言の次元、つまり民族やイデオロギーの次元のみでなく、冷戦下の人々の痛みを再現しなければ「脱冷戦」も真の意味ではかならまい。こうした倫理的次元の力が『客人』の新しいリアリズムを可能にしたのではないかと思われる。

さらに重要なのは、こうした文学的技法の刷新が、作家個人の実験精神ではなく、それを支える民衆的な想像力の土壌に根ざしているという点だ。翻訳へと限りなく開かれようとするこの作品の内にあってなおひそかに残る翻訳不可能性として、『客人』は朝鮮の民衆巫祭の形式をその骨格として導入している——黄海道地方の「客人巫蔡」における十二の場＝マダンの形式に対応するように、作品は全十二章で構成されている。過去と未来との時間の距離を越え、幽冥を異にする生者と死者が登場する「リアリズム」の場を支えているのは、こうした伝統的な形式なのである。創作がすなわち祓いの祭りであり鎮魂であるようなこの芸術＝祭事における生者と死者との距離や関係は、やはり日本社会におけるそれとはまったく異なる質をもっているように感じられてならない。犠牲となった死者たちを真に慰めるためには、死者たち自身の固有文化によらなければならないというように、またそれが「実験的文学技法」にさえ見えるように、終章十二章では破格の宴がひらかれる。あらゆる死に方で死んだ鬼神たちを広場に呼び集め、旺盛な大食と民衆的な賑わしさにみちた巫歌のうちに残る最終的に翻訳不可能な部分に、固有文化の秘密がひそんでいるのかもしれない。★11 死者たちを慰め、無限のかなしみの中でなお死者たちを活気付けるために、死者自身の文化の作法によるのでないなら、なぜそれが彼らを呼び返し語り出させる力になるだろうかと問うように。終章にいたってこの小説の全体は十二場の祭事に変容する。

『幌馬車の歌』——台湾五〇年代左翼粛清の記憶

台湾の作家、藍博洲の報告文学『幌馬車の歌』は、台湾ニューシネマを主導した監督・侯孝賢に強いインスピレーションを与え『悲情城市』(一九八九年)、『好男好女』(一九九五年)の原作となった。『非情城市』ではトニー・レオンが演じていた林文清が獄中で呉継文らの「出廷」

を見送る際、同房のどこからか合唱の声が聞こえてくるが、この場面で歌われていたのが「幌馬車の歌」である。このシーンでは合唱の高まりの後に、二発の銃声が聞こえてくる。

侯孝賢映画は国際的な評価をうけ、しばしばノスタルジックな情感を誘う映像として日本のファンも多いのに比し、『幌馬車の歌』の方はかならずしも広く知られているわけではないが、この作品をめぐっておこったいくつかの重要な論議の様子をうかがい知ることのできる資料と丁寧な解説とを付したすぐれた日本語訳も刊行されている。以下はこの日本版に多くを負っている。

『好男好女』は、劇中劇の形式を導入して抗日運動に加わるべく植民地台湾から大陸中国に渡った男女の姿を描いている。一方、ラジオから流れる玉音放送とともに始まる『悲情城市』は結末の字幕で「一九四九年」、つまり大陸での国共内戦に敗退した国民党が台湾に撤退した年を提示する――ただし『悲情城市』の時空間は、四九年を越えて国民党による五〇年代白色テロ（左翼粛清）をもカバーするものと見られるが、この時空の混乱じたい重要な記憶の問題を孕んでいるため、これについては後述しよう。製作年はさかさになるが『好男好女』と『悲情城市』は二つあわせて植民地期から解放後の台湾とそこに生きた人々の歴史を描いていることになる。それを貫通する「原作」にあたるのが、抗日運動に参加し、解放後に白色テロの犠牲となった実在の台湾知識人・鍾浩東――作家・鍾理和の異父兄を主人公とした『幌馬車の歌』

である。

鍾浩東は一九一五年、日本統治下の台湾に生まれ、日中戦争の勃発とともに台湾での抵抗運動が困難になると、仲間とともに大陸中国にわたって抗日運動に参加した。こうした軌跡からして、彼らの民族意識は台湾に限定されたそれにとどまるものではなく、台湾と大陸とを総体として包括する中国人意識に根ざすものだったと考えられる。[★12]しかし大陸の中国人の視座からは、一八八五年以来日本統治下におかれその支配に甘んじる他なかった植民地台湾の「抵抗」意識をうまく理解できず、なによりも両者の間には言語の障壁があったため、鍾浩東らは一時日本のスパイと誤解され、あやうく処刑されかかっている。史実を劇中劇の形式で組みこんでいる映画『好男好女』でも、この場面は静かな沈んだ色調で描かれる。日本支配下で中国の歴史から切り離され、別の歴史を歩むことになった台湾の悲しみを、ことばの悲しみとして象徴的に表現したこの場面は、ことのほか哀切な印象をのこす。

六年余りの転戦の末、彼らは日本の降伏とともに半世紀あまり続いた植民地支配から解放された新生台湾へと帰って行く。鍾浩東は直接政治でなく教育の道に進み、基隆中学の校長に就任した。

大陸中国では抗日戦勝利に引き続いてただちに国共内戦が再開、解放後の台湾は国民政府軍と官僚が行政を引きついでいたが、政治腐敗のもとで失業が拡大し治安の悪化が明らかになった。住民の国民党政権に対する失望と不満が募るなか、一九四七年、闇タバコ取締りをきっかけに起こった民衆蜂起が台湾全土に広がると、すぐさま苛烈な弾圧が加えられ、おびただしい犠牲者が出た（二・二八事件）。鍾浩東は民衆の政治的覚醒を願って『光明報』を地下出版、四九年に仲間とともに逮捕され（光明報事件）、五〇年に処刑された。藍博洲の報告文学『幌馬車の歌』、侯孝賢の映画は、それぞれの芸術ジャンルでこうした歴史の流れを復元している。

前節では朝鮮戦争での住民虐殺を描いた『客人』を取り上げ、そこに刻まれた暴力の日付を確認した。この節では『幌馬車の歌』の主人公の逮捕および処刑に関わるいくつかの日付に注意したいと思う。両作品に刻まれた日付には緊密な関連があるためだ。『幌馬車の歌』の主人公は四九年秋の光明報事件により逮捕され、五〇年の十月十四日に処刑されている。つまり一年の間、彼の生命は獄中にあって宙吊りにされていたわけだが、その間に中国台湾の間、そして南北朝鮮の間で決定的な事件が起きている。まず四九年十月一日に中華人民共和国が成立し、台湾に敗走した国民党は十二月九日、台北に臨時政府を置く。注意すべきは、五〇年一月の段階では米国トルーマン大統領も、まもなく台湾も共産党勢力下に入るものと覚悟しており、台湾海峡不介入方針、つまり蔣介石見殺しの方針をとっていたことだ。一週間後の十二日に国務長官アチソンが行なったナショナル・プレスクラブ演説でも、西側の「不退転防衛ライン」のなかにアリューシャン列島、日本本土、沖縄、フィリピンが含められ、台湾は韓国とともに線の外に置かれている。ところが六月二十五日、朝鮮半島で戦争が勃発し、数日後には共和国人民軍によってソウルが制圧されると、米国としては反共防衛ラインを引き直す必要に迫られた。六月二十七日、トルーマンは、この状況で「台湾が共産軍に占領されることは太平洋地域の安全と……米国にとっての直接の脅威となる」ため、太平洋第七艦隊を台湾海峡に派遣することを決定した。★13 不介入方針によって一度は見捨てられた国民党政府は、米国の戦略転換によってこの地域に再び立脚点を見出した。

この転換は中国を刺激した。和田春樹の表現によれば「(米国が)台湾を防衛し、中共に対抗するとの政策転換を断行したことは重大であった。蔣介石政権は狂喜し、北京は激怒した」。周恩来は七月二十八日、米国の動きは「中国の領土への武装侵略であり、国連憲章の徹底的破壊である」との声明を発表した。さらに米国が朝鮮戦争介入を決めると、中国首脳部は台湾進攻の準備を中止し、軍備の重点を東北地方へ移動させなければならなかった。★14 結果的に、中国の台湾進攻は凍結された。再び米国という後ろ盾を得た蔣介石政権はまさに「狂喜」したことだろう。

こうしていわば地域規模の反共ブロックが形をなして行くのと同時に、それまで牢の中で生命を宙吊りにされていた鍾浩東ら台湾左派勢力の運命も変化する。『幌馬車の歌』の作者は以下のように書く。「歴史はここよりその軌道をかえた。牢に繋がれた何千、何万の政治受難者たちの運命に重大な変化がもたらされ、大虐殺と大規模な逮捕がそれにともなって繰り広げられた。／一九五〇年十月十四日、鍾浩東とその同志が銃殺された。」★15

前節で『客人』に関して事件の日付を確認をしておいた。米軍の仁川上陸を契機に朝鮮戦争の戦況は逆転し、これに力を得た右翼勢力によって信川の惨劇が本格化するのが十月十八日であるが、一方、台湾での鍾浩東らの処刑は十月十四日である。異なる場所で起こった虐殺事件の同時性を条件づけたのは、朝鮮戦争への米軍の介入だった。四九年、五〇年にわたって、いくつかの日付は「歴史の軌道」の転換を刻々と告げるものとなっており、この近接する日付において東アジアが構造化されていく様が生々しく感じとられる。

その意味で映画『悲情城市』末尾の字幕は時空の混乱を招くものだった。この映画は、事実上、二・二八事件の後の時期、山岳で抵抗運動を続けた若い社会主義者たちが国家テロの銃声とともに倒れるところまでをカバーしている。この左翼粛清事件は、政治構造としても、また実際にも、朝鮮戦争に米国が介入したことによる局面の転換を反映して起こった事件といえる。ところが映画の末尾の字幕は、この局面転換が訪れる前の「一九四九年十二月、国民政府、台北を臨時首都と定める」という時刻を指している。この字幕は、映像自体が描いている事件の意味を取り違えさせるおそれがあった。映画の半ばに描かれた四七年の二・二八事件は国民党による台湾民衆弾圧事件であり基本的に台湾社会内部の事件といえるが、結末部に描かれる五〇年代左翼粛清は国際冷戦の所産に他ならず、つまり二つの事件は、同じ性格をもった一連の事件とは必ずしもいえない。『幌馬車の歌』の作者は『悲情城市』の時空設定の錯誤を指摘しつつ、最後の字幕を消しさえすればその歴史認識について無用な議論は避けられると述べている。★16 ただこれは単純なミスではない。台湾社会にも、やはり重要な日付の意味が見失われるほど長く深い忘却が横たわっていたことをきわめて生々しく告げている一つの偶発的事件であり寓意的事件だった。私たちはむしろその闇の深さを読むべきだろう。台湾社会にいわゆる台湾ナショナリズムが登場してから、大陸からやってきた国民党の台湾住民に対する暴力として、二・二八事件の封印は解除された。が、冷戦の軸において社会主義者が犠牲となった五〇年代の事件の意味を明らかにする作業が同じように進行したとはいえない。先の『悲情城市』の時間錯誤を見るかぎり、後者も前者と同じ性格の事件として吸収され、一方の記憶が明るみに出るとともにもう一方の記憶が暗がりに入って解読困難となったのではないだろうか。映画の時空の混乱もまたこうした歴史の社会的忘却のメカニズムに関わるものだったと思われる。★17

中台間の分断を導いたのは直接にはこの時期の歴史局面であるが、しかし、日本社会でこの分断線を解読する場合、それが日本による植民地支配の境界を重ね書きするものだったこと、この線に輻輳する歴史構造をその起源において理解しなければならない。「朝鮮戦争が起こらなかったら、国際政治の歴史はまったく違っていたに違いない」といわれる。[★18]東アジアの輪郭やそこに引かれた国境の線も現在のそれとは別のものになっていたかもしれない。米国のヘゲモニー空間として地域構造化された東アジアは、少し前まで日本の植民地体制によって区画された地域を引き継ぐものだった。その歴史のあわいで、人々は別の未来を構想した。このとき消えた可能性は、左翼粛清の犠牲となった人々の生命であり、彼らが夢みたもう一つの未来だった。事件は不可視化され、台湾は八七年まで戒厳令下におかれた。

『幌馬車の歌』の作者、藍博洲は、白色テロ史料の発掘、考証、受難者の遺族、妻や難友にインタビューを重ね、鍾浩東が解放前後にたどった軌跡をひとつの作品に刻んだ。この作品の第一稿が発表されたのは八八年、つまり台湾の民主化進展を象徴するように四九年以来の戒厳令が解除されたその翌年のことである。その後改稿を重ね日本版にまで至ったこの作品は、文献資料をわずかにおりまぜる他は、主人公を知る人物を次々に登場させその証言を並べただけのきわめてシンプルな形式をとる。作者は解釈、コメントを差し控え、証言に手を加えずに配列し、語り手同士の記憶の食い違いも調整しなかったという。つまりインタビューを行ない、証言を取捨選択し、最低限のストーリーを成立させるべく配列するという機能においてのみ、この作品の作者は作者なのである。証言者三九名それぞれが主人公の足跡を語り、その間を繋ぐ叙述は加えられていない。八九年に非公式で『人間』民衆劇団がこの作品の原型にあたる舞台劇を上演した際には、数人の証言者による報告劇の形をとったという。書物でのみこの物語を読んだものにも、その舞台の様子を想像するのは難しくない。作品そのものがいわゆる地の文のない証言の配列によって構成されているためである。

フィクション性の乏しいこの作品は、しかしながら深い文学的感動を呼び、そのため「小説」か「歴史」かをめぐる議論を呼び起こした。作者自身は作品後記で『幌馬車の歌』は「歴史」であり「小説形式を兼ね備えた非虚構の文学作品」「正確に言えば(略)報告文学」と規定している。その意味では、フィクションの権能を最大限に駆使するように死者と生者が同じ平面上で語り出す『客人』とは対極をなす文学形式というべきだ。にも関わらず、『客人』と『幌馬車の歌』は、以下の点で双子のようにおもざしの似た作品でもある。もちろん「報告文学」にあっては、死者がたち現れて自らの死を語りだすことはない。だがどちらも、暗い舞台を一箇所だけ円く照らすライトの中に俳優が登場するように、かわるがわる証言者が現れ、そして悲痛な過去を語り出す。それらの証言は相互に調整されず、それゆえ食い違い、前後の順序も繋がりもとぎれがちである。マジックリアリズムと報告文学と、文学思潮について対極をなす二つの作品は、同時にこうした点できわめて類似点が大きい。なぜだろうか。言いうることは、第一にどちらの作品も公認の歴史記述からかき消され、その全体性の中に場所をあたえられないまま封印された記憶を文学の力をもって復元するものだったということだ。

そして第二に、どちらも冷戦が緩和に向かい、社会の民主化が進展することとなくしては書かれることも、または構想することとさえも不可能だったはずの作品ということである。ともに文学的構想の通路をくぐらなければ想起することもできないような記憶であり、それを取り戻すために、冷戦下での分断を経験した民族が、それぞれに緊張にみちたリアリズムの思想を生み出した。二つの場所で起こった虐殺の日付は五〇年十月に重なる。それを描くさいに使われた言語は互いに異なるが、ひとつの枠組みの下の別の場で起こった事件を、やはり同じ枠組みの異なる場所からそれぞれ解放しようとした文学として、両者は一体の構造の中で読まれるべきものと思われる。そして来るべきその読者は、旧帝国日本、冷戦期米国が枠付けるのではないもう一つの東アジアの文学的主体と呼ぶことができると思われるが、ただその前に言語と翻訳について問わなければならない。

金石範の日本語——四・三事件の記憶

朝鮮半島を戦場に変えて、国際冷戦は冷戦の名におよそふさわしくない沸点に達した。米国の介入による戦局の転換が引き金となり、朝鮮の、台湾の、それぞれの場で人々が犠牲になった。前の節ではふたつの文学作品に刻まれた日付を通して、その構造的同時性をみてきた。つぎに、東アジア冷戦の所産である分断国家が、二つの国家の形をとる前夜、分断そのものに抗した事件が起こっていたこと、それがやはり文学的想像力に宿ることによってのみ記憶されえたということを考えたい――在日朝鮮人の作家、金石範が描き続けた四・三事件である。

事件の詳細については真相究明法を契機に進展した研究成果を参照いただくこととして、ここではごくかいつまんでいくつかの日付にのみ触れよう。一九四八年、米軍政下の南朝鮮で南だけの単独選挙を行なうことが決定されると、済州島民衆は分断政府の設立につながらざるをえないこの決定に反対し、南朝鮮労働党済州島委員会の武装隊が四月三日から武力闘争を展開した。五月十日には決定通りの単独選挙が強行されるが、済州島ではほとんどの投票所が破壊され、選挙が成立しなかった。済州島民衆に対する軍警、右翼集団の苛烈な暴力が広がるなかで、八月十五日、「大韓民国」政府が成立し、国連は米国の差配のもとで朝鮮における合法政府としてこれを承認する。以後、「アカ」の島とされた済州島での民衆虐殺は熾烈をきわめた。そこではアカとみなされた人々が虐殺されたというよりも、虐殺された人々がアカだった。全島が焦土化にさらされた。[★19]

四・三蜂起の真相とこれに続く弾圧の暴力は長く韓国現代史の闇となってきたが、八〇年代に進展した民主化の成果として「過去清算」事業がスタートし、その一環で一九九九年に「済州島四・三真相究明および犠牲者名誉回復に関する特別法」が制定され、二〇〇三年には韓国大統領盧武鉉が四・三虐殺を過去の国家権力の過ちと認めて謝罪している。

済州島で蜂起した人々が「単独選挙反対」をスローガンに掲げ、そして現在の韓国がその単選を通して創設された国家だとすれば、四・三という日付は分断国家設立の手前でその歴史の軌道に抗した象徴的な日付であり、そして八・一五建国の正統性そのものを繰り返し問いに付すアポリアでありつづける。とすれば、これ以上なまなましく「法措定暴力」の錯綜した時間性を解き明かした事件は(同年のイスラエル建国とともに)他に類がない。暴力を通して国家が創設され、その国家によっていったん新たな「法」が措定されると、これに反して秩序を覆そうとする者は「法」の下で処罰されることになる。国家創設の前夜、別の未来を思い描いて蜂起した人々は、そのときいまだ存在していない法から遡ってすでに暴徒と呼ばれており、継ぎ目のはずれた時間の狭間にかき消されていったのである。歴史が今あるような歴史として書かれるためにはどうあっても抹消されなければならなかった死者たちが地下の闇の中に放り込まれ、その姿勢のままで六十年をすごしている。金石範がしばしば「記憶の他殺、記憶の自殺」という言葉を使ったように、おそろしい光景をみた人々は口をつぐみ、そして自ら記憶を消した。同じ時期に国際冷戦の負荷たる暴力を経験した台湾もふくめて、東アジアの地下には無数の骨と、置き換えられた記憶とが封じられている。

金石範の「看守朴書房」「鴉の死」は一九五七年に発表された。一方、韓国社会においては八〇年代、あるいは九〇年代までこの事件は政治的制約の下におかれて表象不可能だった。金石範は八〇年前後に済州島出身の作家・玄基榮が四・三事件を書いた作品に出会い、「順伊おばさん」「海龍の話」を自ら日本語に翻訳し紹介している（『海』一九八四年四月）。事件から三十年を経て、ようやくのこと韓国に四・三事件を書いた文学作品が登場したことに金石範は深く心打たれるのだが、しかし同時にこれを訳出し紹介することについてためらいを感じざるをえなかった。翻訳稿に付された解説には「この日本語訳は玄基榮の意志とは関係のないところで生まれ、また出版元の創作と批評社にも無断で訳出されたものである」とあるが、後に単行本として刊行された『順伊おばさん』の「訳者あとがき」によると、八〇年代のこの付記は原作者に何らかの累が及ぶのをおそれ、ことに「当時、韓国政府の「忌避人物」「反韓分子」である金石範と、玄基榮は関係がない」こと、すべての責任は翻訳者にあることを強調するためのものだったという。[20]

原著『玄基榮小説集・順伊삼촌』の初版発行は一九七九年十一月十五日、これは十月二十六日の朴正熙暗殺と「維新政権」の崩壊の直後にあたり、その後は民主化運動の高揚とソウルの春の時期、そして八〇年五月光州虐殺と全斗煥軍事政権登場の時期へと情勢はうつる。希望が絶望にかわるちょうど狭間で、この本は刊行されたのだろう。出版後、作者は逮捕され苛烈な

拷問を受けた。再び、建国前夜の抵抗と暴力は歴史から削除され、文学創造を介してそれを再記憶しようとした作家が重ねて国家暴力にさらされ、そして同時期の光州事件の真相もまた現代史の闇に埋められた。重層する暴力の痕跡は幾重にも封じられ、上書きされた抹消記号の下で「順伊おばさん」の原著は発売禁止の扱いとなった。こうした過程から国家暴力を表象できない正史の論理というものを考えざるをえない。それが表象可能となったとき、国家はその正統性を失っているのだから。しかし、地下の闇に放り込まれた死者たちの骨は存在している――玄基榮の「順伊」は積み重なった死体の下から這いずりだした生存者だが、彼女の精神は深く損傷され、事件後三十年を経て自ら命を絶つ。この作品は事件の政治構造には触れず、ただ人々の痛みを書くことに徹した。焦土化、虐殺に関わったのは米軍政機構を背景とした南朝鮮軍警、右翼組織だが、のみならず米軍自体が指揮を取った。だが、訳者金石範の解説によれば「玄基榮のこれらの小説のどこにも、アメリカのアの字もでてこなければ、アメリカの影さえ見ることができない。作者はひたすら、ゲリラ側と軍警側の板挟みになり、双方から攻撃され虐殺される「良民」たちの悲惨な、そして行き場のない姿を描いている」のである。やはりここでも出来事の全体像を明らかにすることができない事件が起こり、その再記憶の困難さを同時に思わせる文学が存在した。

日本を文学活動の場とした金石範は、五七年に「看守朴書房」「鴉の死」を発表した。ただしこのことを、韓国ではとうてい活字にならないことが日本でなら書けた、という単純な問題として理解するわけにはいかない。むしろ表象の不可能と可能とのあわいで、真に文学的な問いが生起していたことに、私たちは不意を撃たれるのだ。

年譜によれば、金石範氏の母親は一九二五年に済州島から日本に渡り、氏はその三、四か月後に大阪で生まれた。母親は身重の身体で渡日したにちがいなく、つまり氏はわずかなタイミングで「済州生まれ」になりそこなっている。解放以前に日本と朝鮮をいくどか行き来するうち、ことに故郷済州島の風景のなかで民族独立の意識を育てていたが、日本の敗戦が近いことに思いおよばず八・一五は日本で迎えた。一九四六年夏以降は日本で生活し、したがって四八年の四・三事件を氏は直接体験していない。金石範が書き続けたのは、自分がそこに立ち会っていない事件だったのである。[★21]のみならず、一九八八年に訪韓を果たすまで、四十二年ものあいだ故郷の土を踏むことができなかった。金石範の文学は、まず日本の植民地支配によって、次いで冷戦の歴史構造のなかで、いくたびも繰り返しそこから隔てられることになった「故郷」を舞台としているのである。この隔たりの経験を身を切るように表白した「現実の済州島に私は何の関係もしえない」[★22]という言葉がある。隔たりにおいて済州を書くこと。この難問が作家としての課題となる。

隔たりというのは、地理上の距離のことだけを意味するのではない。なにより事件そのものが言語表象の臨界を問うものだった。四八年の秋以降、済州島から虐殺を逃れた多くの島民が、大阪地方へ密航してくる。この「密航者」たちは、事件について決して多くを語らなかったが、金石範が彼らを通して感じとりえたものは「ことばの尺度を突き抜けてしまった悲惨と恐怖の現実」だった。[★23] これは文学的な想像力にとって本質的なアポリアである。『客人』あるいは『幌馬車の歌』がそうだったように、四・三事件の文学もやはり証言と文学の間で、リアリズムの更新を図らないことには、構想することさえできないものだったと考えられる。

金石範は「ことばの尺度を突き抜け」た事件に作家として立ち向かわなければならず、そのためには、事実に圧倒されないだけの何らかの方法が必要と考え、そこで「虚構性」とそのファクターとしての「笑い」が必要だったと、ある文に書いている。[★24]『客人』は民衆巫祭の形式を導入し、小説の大団円に滑稽味ある歌を置いたが、「看守朴書房」や七〇年の作品「万徳幽霊奇譚」では民衆的な力に充ちた笑いが作品の野太い支えとなっている。

ただしその笑いは、作者自身が「山と積まれた死体のガソリンで焼いた燃え残りをブルドーザーでならし、島が血の海に沈んでしまっているような状況でなんの笑いがあろう」と書いているように、絶望と表裏する打ちのめされた笑いだったかもしれない。笑いはアポリアに向き合うものであって、アポリアを解消するものではない。しかし、このことは決してネガティブな結論ではない。「ことばの尺度」を越えた出来事と、他者＝死者の記憶を記憶する作業に関わらざるをえない文学にとって、表象をめぐるアポリアは金輪際解消されるものでなく、また解消されてはならないものであるはずだ。韓国の文脈において政治的抑圧、日本に在住する作家にとっては地理的な隔たり。表象の困難は現実的にこうした制約に大きく関わっているが、現実的条件さえ整えば、描くこと自体は容易だというわけでは全くない。より根源的な意味において、事件は言語化の可能性、表象の可能性を深々と挫折させるものだったのである。またそれゆえに金石範の文学論は現実の写しでなく状況をつかもうとするものとなり、歴史を乗り越えるフィクションの賭けとなっていったのだと思われる。

そしてなにより日本語という深刻な逆説がここには介在した。金石範は日本語で済州島を、あるいは朝鮮人を書くことは可能なのかと問い、自らの問いに答えるようにして書いた。政治的制約の有無という意味でなら、日本は書くことが可能な場である。だがその日本は事件固有の場ではない。

五七年に発表された四・三事件の文学は、その当時、日本文壇がすらりと受けいれるものではなかった。日本社会をみたす無関心はひとまず置くとして、ここでは文学言語をめぐる作家の問題意識に沿って考えたい。「翻訳」の問題である。金石範が描かなければならないのは、日本語でなく済州島の言葉で話している人々であり、彼らの民衆的な世界である。この日本語文学は、私たちがこれまで考えたことのないレベルで「翻訳」の思想を練成した。

翻訳という概念はいつも一連のネガティブな通念をまとわりつかせてきた。翻訳は、それが必要な場合であってもあくまで原文の代理の地位にとどまり、ことによってはあやしげな作業と見なされる。それゆえしばしば翻訳者の地位は技術的で二次的なものとされ、また原文の味わいを損なわずして翻訳は不可能であるという言い方が、原文＝起源の不可侵の神秘化に貢献した。この場合、翻訳はあきらかに負の概念であり、それゆえ「翻訳調」という形容はしばしば「こなれていない」「ぎこちない」という悪口の代用をしてきた。また、こなれなさを導入することによっていわゆる「美しい日本語」の異化を試みた作家、大江健三郎や横光利一らの文章がしばしば「翻訳調」と形容されてきたが、この場合も悪口的用法とどこかで連続している。ある座談会で、大江健三郎が金石範の小説に言及し、これはたしかに朝鮮人である、「これは翻訳でない」という気がする、と発言している。★25 一方に、朝鮮人による透明な朝鮮表象があり、他方に朝鮮人ならざる書き手による翻訳的な朝鮮表象があるとして、そのいずれからも独自である在日朝鮮人のダイナミックな主体的位置を示そうとした大江は「在日」をめぐる重要な論点をクリアにしている。とはいえ大江健三郎の用法における「翻訳」は、翻訳調といわれるとき、たいていは悪口だったという大江自身の実体験をうかがわせてあまりある。一方、同じ座談会のなかで翻訳を主題化しようとしているのはほかならぬ金石範だが、氏は翻訳という現象をただちに負の価値にむすびつけてはいない。翻訳という経験をめぐる氏の思考は、この主題をめぐる解消しがたい逆説をそのままに維持しており、それゆえに、幾度でも立ち返らなければならない重層的な論理を構成している。翻訳という誰でもがよく知っている現象が、氏の思考のなかで細心の注意をはらって解きほぐされ、再定義がこころみられ、ついにはそれまで自明だったはずの原文／翻訳の境界が変容をきたし始めるのである。たとえば氏はつぎのように書く。

「翻訳小説の場合は、翻訳というクッションを通して対象を客観的に距離をおいて見ることのできる機能を持つようになる。（略）／しかし、かりに日本に馴染みのない世界が翻訳を介することなく最初から日本語作品として読者のまえに出されると、いささか反応が違ったものになる。[★26]」

日本の翻訳文学には明治啓蒙期以来の伝統と蓄積があり、西欧文学の刺激によって確立を見た日本近代文学史においてはこの意味の翻訳文学はむしろ「本物の近代文学」の規範として尊重されてきた。その場合――フランス文学、ロシア文学を翻訳で読む場合、描かれた世界が日本人にとって馴染みのないものであったとしても、それが想像力の妨げになることはない。翻訳の作業を介して彼我の間に客観的な距離が設定され、むしろ読み手の安定した位置が保証されるのである。しかし済州島と朝鮮人を描いた金石範の作品は、この意味での「翻訳」ではない。

したがってここでは通常の翻訳概念、原文＝起源の概念、そして国語＝言語の概念を、いったん破棄し、あらたな通路で思考しなおさなければならなくなる。ここでは翻訳の作業を経ずしてオリジナルは出現せず、翻訳者はそのまま原作者なのである。オリジナル／翻訳の二項対立の図式上に位置付けることのできないその日本語は、安定した日本文学の環境を保ちながら、そこに「日本語の文学を豊かにする」作品を加える、といったものではありえず、日本文学の基底材たる日本語を深く当惑させずには置かない。たとえば私たちは、ただちに日本文学史を振りかえるだろう。日本の近代文学ははたして翻訳という作業を介さずして自らを生み出すことができたのだろうか。翻訳は近代文学の起源であり、なおかつそれは忘却されなければならない起源だった。そして、それゆえに「翻訳調」はことさら否定的な観念とならざるをえなかった、と考えられる。その隔たりの経験を忘れたときに日本文学はある完成を見るが、同時にその文学言語は歴史を失い「自然」に張り付いて、重要な何かを書く機能を失ったかもしれない。

表象をめぐるアポリア、金石範氏がいくつものレベルで向かい合ってきた言葉と出来事との隔たりの経験は、しかし言語表現者にとって――自分の言語を空気のように、ごく自然に自分に固有のものとして感じとることのできる表現者は別として——実のところ本質的な困難ではなかったか。描かねばならない出来事を描く言語の内なる隔たり＝エクリチュールをたえず痛切に感知しながら書く。このアポリアには、文学言語にとって根源的なものの感触が——したがって普遍的なものの感触がひそんでいる。

在日朝鮮人の日本語による文学は、その書き手にとってすでに強烈な矛盾である。「日本語文学」という用語はいまだ軽やかに発せられうるものではない。——作家自身の言葉を借りるなら、在日朝鮮人作家は「ことばの呪縛」を二重に持つ。どの言葉であれ作家であればだれでもそこに内在する隔たりを感知するだろう。その上に解放後にも自らの内に残存する支配者の痕跡、その日本語で書くという「ことばの呪縛」が重なる。それがどうにも解きえないかに見えもする地点で日本語の創作を行なった金石範の「ことば」をめぐる思考は常に厳密である。

植民地期の作家、金史良は、朝鮮語と日本語（金史良の当時の文章では「内地語」と記された）の創作を合わせて試みるうち、「日本的な感覚や感情への移行に押し負かされそうな危険を感ずる」経験を正確に記述している（「朝鮮文化通信」一九四〇年）。日本語による創作を続けるうちに「自分のものでありながらも、エキゾチックなものとして」かんじとられて目がくらむ……。金石範は、日本語作家の先達である金史良のこの一節をしばしば引用しているが、二人の作家は、おそらく身体的な恐ろしさを共有していたものと思われる。植民地支配の、各段階にわたる暴力のうちでも、これは最深部にわたる恐怖の経験にちがいない。自分の内に支配者の思考体系が浸透する。その危機感のなかで金史良は、むしろ次のようにかけがえのない、たった一つの言葉という感覚を発見していく。「感覚や感情や内容は言葉と結び付いて始めて胸の中に浮かんで来る。極端に云えばわれわれは朝鮮人の感覚や感情で、うれしさを知り悲しみを覚えるのみならず、それの表現は、それ自体と不可避的に結びついた朝鮮の言葉に依らねばしっくり来ないのである。」

感情、感覚と一体で一分の隔たりのない言葉、自分にとってかけがえないたった一つの言葉。もちろん、この言語観を相対化するのは難しいことではない。自らに固有の言語の特殊性も、逆に二つの言語の間の差異も類似も、それ自体として感じとることはできない。それはただ他なる言語の間を行き来する翻訳の経験を経たあとに、事後的に見出されるだけである。かけがえのない言葉、というこの感覚が見いだされたとき、すでにもう翻訳の経験は始まっている。つまりかけがえなさの経験は、それを脅かしてやまない「移行」の経験、危機の、目まいの経験とともにあり、避けがたくそこにある。固有性、自然さ、本来的なものの感覚は、翻訳の経験を介してのみ事後的に構築される観念であり、その意味で自らに固有のものは実のところ自らを根拠付けることはできない。……かといって、その感覚が植民地主義の権力にかかわり、他人の歴史を強いられる経験にかかわる以上は、かけがえなさの感覚など事後的に構築されたナショナリズムの錯覚、本質主義の錯覚にすぎないと、少なくともこの場合、否定しさることなどとうていできない。

金石範のなかでも、そうした感覚はつねに失うわけにはいかないものとしての朝鮮の体臭、体質へと通じている。氏はしばしば民族を語り朝鮮を語り、そしてその朝鮮から四十年あまり隔てられてきた。かといって氏の語る朝鮮が、玄界灘を渡るとそこにある地理的空間をのみ意味しているわけではない。それは、氏によって思想化された在日の「朝鮮籍」、国籍の「エアポケット」としての「朝鮮籍」がそうであるように、近代以降、私たちの存在様態を規定し続けている主権の思想の、その彼方を指し示しているように思われる。[★27]

「朝鮮籍」は、今後、日朝間の国交が「正常化」すれば実現するはずの「北朝鮮籍」のことではなく、すでに六十五年の日韓国交正常化とともに国籍となっている「韓国籍」でもない。正しくいえばそれは国籍ではない。現在の「朝鮮籍」は、歴史的には日本敗戦＝朝鮮解放の後、分断国家が樹立される前の時期、外国人登録令の実施とともに日本政府が在日朝鮮人の全体を当事者の意思と無関係に記載した表記である。「すでに」植民地支配は終わっており、「いまだ」国家の形は確定されていない時期、つまり国家帰属のエアポケットが生じた時期の表記である。その後韓国籍、日本籍を取得した人々をのぞくそれ以外の記載欄には、このとき以来の「朝鮮籍」がいわば国籍の亡霊のように残された。その非国籍たる「朝鮮籍」は、やがて「北朝鮮籍」という国籍が現実化したとき、当事者個人にとって、共和国と韓国、そして日本のそれぞれの政府にとって、実務的であるとともに思想的な課題となり、その試金石となるはずのものではないか――金石範が立てたのは、この問いである。現実的に考えるなら、現在「朝鮮籍」である人々は、そのとき共和国か韓国かもしくは日本か、なんらかの「国籍」を選ぶことになるだろう。が、そのときどの国籍も選ぶことができず、選ぶことなく、非国籍たる「朝鮮籍」にとどまろうとする者はいないだろうか？　もちろん非国籍を現実的に考えれば、無国籍者、難民を意味し、その存在様態は生活の便、不便をこえて生の条件を脅かす。次の世代に対する責任上、これを残しておくわけにいかないため、氏は、南北の両政府に将来の統一を前提とした準統一国籍を考えるよう、また段階的には朝鮮籍での韓国入国、韓国籍での共和国入国を認めるよう、日本政府には定住外国人の二重国籍を認めるよう要求し、「在日」の生をより生き易いものにする法的身分を構想している。EU構成国の国民が、国籍とヨーロッパ市民権とをあわせ持つように。それはいまや複数の在日外国人とともにある日本社会にとって生の「自由」の幅を広げる思想でもある。日本社会は、まず第一に歴史的責任を負う立場から氏の構想に応答しなければならないだろう。そして同時に、他とともにある経験を幸福として感じ取る文化をつくりだしながら。

以上のようないわば実務的な構想を進めつつ、氏は、それとはやや質の異なった語り方で

「朝鮮籍」を語ってもいる。「われわれが願ったことでもないのに」現実として存在し、われわれを拘束し、国境を作りだす、その「国籍」を掌にとって見る場として、国籍の亡霊、非国籍の「朝鮮籍」が語りなおされるのである。こちらを、文学者としての思想と呼んでおきたい。いまだ共和国と国交を持たず、すなわち植民地支配責任を清算しない日本政府の無責任によって残された非国籍としての「朝鮮籍」、歴史の亡霊ともいうべき「記号」が、この思想において、もう一つの意味を獲得するのである。

「南北の現存する国籍を前提にして、なおどうするか。「在日」はどうするか。一つの現実が牢固としてある（あるように思える）とき、それを否定し、超える力は想像力であり、現実と対峙する観念、思想であり、同伴する情熱である。それが想像力で掴まえた現実を覆し、変える。少なくとも「在日」の無国籍者は分断のアンチとして分断を超越するモメントになると同時に、歴史のスケープゴートになりかねない役割を共有している。」

牢固とした現実を、それでもなお否定し、超える力。あきらかにこれは氏の文学論、フィクションの定義と二重映しになった言葉である。国籍という牢固な現実の彼方を指し示す非国籍の「朝鮮籍」は、現実に張り付いている言葉ではなく、現実と対峙しそれを覆す言葉、それに伴う文学的な情熱と同義なのである。南北二つの建国より前の記載、いわば歴史の残り滓が、分断という現実を覆す思想へと転化する。ちょうど四・三がジェノサイドの日付であるとともに、分断に合意しなかった人々の存在を記念する日付であったのと同様に、それは厳しい二律背反をつきつける思想であるほかはない。取り返しのつかない分断という現実をなお取り返すためのモメントとは、同時に「歴史のスケープゴート」になりかねない、位置なき位置なのである、それは現実に存在する南北の「国籍」のように、主権国家によって構成された国際秩序の平面上にそれ自体として現れるものでなく、現前性の概念を逃れさるようにして到来する出来事として、氏の文学言語が約束し続けるものではないだろうか。金石範氏の文学言語のなかに収斂し、そういうあり方でのみ到来を約束されているものが朝鮮であり、それは朝鮮それ自体を超え出る。

南北の間の非国籍、二言語の間の場所ならざる場所、翻訳という場所なき場所での出来事に、両者の歴史的関係そのものを指し示しつつ、到来する何ものか。それは一方で、植民地支配の過去の重さと深い傷を指し示し、そして冷戦の構図における朝鮮と日本と米国の配置を指し示し、そこに噴出した暴力を、いまだ統一国家を持たない民族を指し示している。「翻訳」を技術的処理でなく思想として切り返すことによって、歴史にも未来にも分けもたれる文学言語の場を開いたのが金石範氏の文学ではなかっただろうか。

強烈なアポリアの狭間で書かれた文学の、その場所とは一体どんな場所なのだろうか。それが場所ならざる場所であり、非場所とでもいう他ないのなら、むしろ問い方を変えるべきだろう。それは、一体どんな場所ではないのか。いわゆる日本文学の主体にとっては、一次的なオリジナル、二次的な翻訳という遠近法の安定した基盤が保証されているかのように見える。おそらく「日本対西洋」(夏目漱石)、「アメリカと私」(江藤淳)という閉じた自他関係の遠近法とそのリアリティを保証してきたのも他ならぬこの確固たる基盤であろう。それゆえこうした遠近法そのものから逃れさる非場所の日本語は、私たちをまず当惑させる。このときの当惑と失語のチャンスをもう取り逃がすべきではない。その日本語の響きを聴きとることによってしか、近代日本の思想資源も、植民地体制の負債も適切に分節することなどできないように思う。まして牢固たる現実をわずかなりとも疑う力など持ち得ないことだろう。

【注】

(1) 金石範、李恢成、大江健三郎「〈座談会〉日本語で書くことについて」『ことばの呪縛——「在日朝鮮人文学」と日本語』(筑摩書房、一九七二年)収録。
(2) この分割については徐勝『だれにも故郷はあるものだ』社会評論社、二〇〇八年。
(3) 徐勝編『東アジアの冷戦と国家テロリズム——米日中心の地域秩序の廃絶をめざして』御茶の水書房、二〇〇四年。
(4) 江藤淳『閉ざされた言語空間』文藝春秋社、一九八九年。
(5) 「済州島四・三武装蜂起について」『新編「在日」の思想』講談社文芸文庫、二〇〇一年。

（6）『客人』鄭敬謨訳、岩波書店、二〇〇四年。
（7）『幌馬車の歌』間ふさ子、塩森由岐子、妹尾加代訳、草風館、二〇〇六年。
（8）金東椿『朝鮮戦争の社会史』平凡社、二〇〇八年、「朝鮮戦争の裏面——集団虐殺としての朝鮮戦争」（『軍縮地球市民』二〇〇七年）。
（9）金東椿、前掲「朝鮮戦争の裏面」。
（10）以上のキリスト者の軌跡については鄭敬謨氏による『客人』解説に教えられた。
（11）『客人』の翻訳困難な性格といくつかの言葉については渡辺直紀氏、宋連玉氏の教示に負う。理解の行き届かない点は全面的に筆者の責任だが、記して感謝したい。
（12）映画『非情城市』が公開されると、主人公たちのアイデンティファイした祖国とはどこであるか、彼らは台湾人か中国人かが、この時期の台湾政局との関係もからんで大きな論議となった。
（13）和田春樹『朝鮮戦争全史』岩波書店、二〇〇二年。
（14）朱建栄『毛沢東の朝鮮戦争』岩波書店、一九九一年。
（15）鍾紀東（藍博洲のペンネームの一つ）「歴史にタブーを、人々に悲情を、再びもたらさぬために」『幌馬車の歌』収録。
（16）藍博洲「「幌馬車の唄」は誰のものか」『幌馬車の歌』収録。
（17）この作品の意義については、横地剛「すべては終わりすべては始まったのだ」（『幌馬車の歌』解説）に多くを負うほか、濱村篤「鏡の中の国の記憶——藍博洲『幌馬車の歌』書評」（『情況』二〇〇六年五〜六月号）等に教えられた。また徐勝氏は国際シンポジウム「東アジアの冷戦と国家テロリズム」関連台湾フィールドワークの際に『幌馬車の歌』作者藍博洲氏と事件の受難者のお話を伺う機会を作ってくださった。
（18）朱建栄、前掲書。

（19）文京洙『済州島四・三事件』平凡社、二〇〇八年、他。
（20）玄基榮著、金石範訳『順伊おばさん』新幹社、二〇〇一年。
（21）文京洙編『なぜ書きつづけてきたかなぜ沈黙してきたか』平凡社、二〇〇一年。
（22）「済州島と私」前掲『新編「在日」の思想』所収。
（23）「なぜ済州島を書くか」同前。
（24）同前。
（25）注（1）と同じ。
（26）「著者から読者へ」『万徳幽霊奇譚　詐欺師』講談社文芸文庫、一九九一年。
（27）「「在日」にとっての「国籍」について――準統一国籍の制定を」前掲『新編「在日」の思想』所収。

（本稿は昭和文学会二〇〇六年度秋季大会、特集「アメリカと文学」での報告をもとにしている。）

あとがき

日本の近現代文学について考察しようとするときに、〈東西〉という問題系が研究の基本的視座にあったのは言うまでもない。いや、それは現在もなお「ある」のであるが、たとえば欧米文学の投影といった影響論的研究が、すでに、ある種の牧歌的距離感をもって眺められる雰囲気があるのは事実だろう。これに代わって、より現実的な痛みと緊張感をともなって研究者の問題意識にのぼってきたのが〈外地〉、戦前日本の植民地政策と骨がらみになったもうひとつの異郷である。朝鮮が、満州が、台湾が、あるいは南洋諸島が日本の近現代文学を照射する合わせ鏡として共通に意識されるようになったのはそう古いことではない。「ポスト・モダン」「ポスト・コロニアル」と括ってしまったほうが通りがよいのかもしれないが、そうしたスマートな括弧からはみ出す切実さ、もしくは可能性が、依然としてこの領域にはある。

日本文学といえば日本語で書かれた文学である、という大前提がまずここでは疑われる。日本語とは何か。誰のものであったのか。あるいは文学的営為とは政治的企みの中についに回収されてしまうものなのか。また、その事実を詳らかにすれば、文学研究の能事は畢《おわ》るのか。研究者の主体性は客観性の陰に身を潜め得るのか——。ずいぶん前に寝かしつけた子供を片端から起して回るような態であるが、そうした厄介さを避けて、この〈外地〉の、翻って〈内地〉の文学を扱うことはできない。

さて、本書は二〇〇七年九月二十七日に「もうひとつの日本語」と題して開催された「青山学院大学文学部　日本文学科主催　国際シンポジウム」の記録である。進行は左のとおりであった。

第一部　講演　金石範　「文学的想像力と普遍性」
第二部　報告　崔真碩　「「ことばの呪縛」と闘う——翻訳、芝居、そして文学——」
　　　　報告　佐藤泉　「植民二世の日本語——森崎和江について」
　　　　報告　片山宏行　「菊池寛と朝鮮」
　　　　討議　司会　李静和

金石範氏の御講演と最後の討議は、テープをほぼそのままに起した。また、三人の報告は、タイトルも含めそれぞれ加筆訂正したものになっている。

当日は一〇〇名を超える聴衆で、会場となった教室は終始、緊張と熱気に満ちていた。シンポジウムを牽引したのは、なんといっても金石範氏の地底から湧き上がるマグマのようなエネルギーであった。困難な時代と直面し続け、絶えることなく自己と世界を往還して言葉を紡ぎ出してきた稀有な存在、「実作者」という言葉だけではとうてい形容できないこの厳たる「実存」の迫力は圧倒的なものであった。しかも氏は講演前から控室で佐藤泉氏を相手に、この日の演題について三十分以上も滔々と語っていたのであり、シンポジウム終了後も、懇親会場で、さらには二次会の居酒屋でもまったく衰えをみせずに、ますます熱く文学について、歴史について、書くことについて語り続けたのであった。最後は握手で氏とお別れしたが、その骨太な手の握力は、八十歳を超えた御老体のものとは思えない、力強さの漲ったものだった。

一方、報告者三人の発表は、金氏とは世代を異にしたそれぞれの問題意識を語って、この領域がはらむ多様な視座を提供する形となった。これら錯綜した内容を、李静和氏が討議の場において実に整然とまとめてくださったので、聴衆席からの質問も活性化したし、報告者もあらためて自身が焦点化した問題の位置を客観的に眺めることができた。本書に収められた報告者の文章は、そうした討議をふまえて練り直されたのである。以上のようなあらましで成立した本書の「質量」が、読者の方々に伝われば幸いである。

最後に、本書の発刊にあたっては、社会評論社の新孝一氏の俊敏的確なサポートが不可欠であったことを謝して記しておきたい。

（片山宏行）

［執筆者紹介］

金石範（きむ・そくぽむ）
一九二五年大阪生まれ。戦中、済州島で暮らす。関西大学専門部経済学科、京都大学文学部美学科卒。一九五七年、『文芸首都』に「看守朴書房」「鴉の死」を発表。著書『金石範作品集』（1・2）平凡社、二〇〇五年、『火山島』（全七巻）文藝春秋社、一九八三年〜九七年、『在日の思想』筑摩書房、一九八一年（新編、講談社文芸文庫、二〇〇一年）、共著『なぜ書きつづけてきたか　なぜ沈黙してきたか』平凡社、二〇〇一年、ほか。

崔真碩（ちぇ・じんそく）
一九七三年ソウル生まれ。翻訳者・役者・文学者。青山学院大学非常勤講師。テント芝居「野戦《ヤセン》之月海筆子《ノッキハイビィーツ》」の役者。編訳書に『李箱作品集成』作品社、二〇〇六年、主な出演作に『ヤポニア歌仔戯《オペレッタ》　阿Q転生』（二〇〇八年十一月東京、十二月広島）、主なエッセイに「影の東アジア」（『現代思想』二〇〇七年二月号）、ほか。

佐藤泉（さとう・いずみ）
一九六三年足利生まれ。青山学院大学文学部教授。
早稲田大学大学院文学研究科博士課程修了。
著書『漱石　片付かない〈近代〉』（NHK出版、二〇〇二年）、『戦後批評のメタヒストリー――近代を記憶する場』（岩波書店、二〇〇五年）、『国語教科書の戦後史』（勁草書房、二〇〇六年）

片山宏行（かたやま・ひろゆき）
一九五五年、北海道生まれ。青山学院大学文学部教授。
『菊池寛の航跡』（一九九七年、和泉書院）、『菊池寛のうしろ影』（二〇〇〇年、未知谷）、『真珠夫人〈注解・考説〉』（編著、二〇〇三年、翰林書房）、『円タク・地下鉄〈コレクション・モダン都市07〉』（編著、二〇〇五年、ゆまに書房）。

李静和（り・ぢょんふぁ）
韓国済州島生まれ。一九八八年来日。成蹊大学法学部教授。
著書『つぶやきの政治思想――求められるまなざし・かなしみへの、そして秘められたものへの』（青土社、一九九八年）、『求めの政治学――言葉・這い舞う島』（岩波書店、二〇〇四年）。

異郷の日本語

2009年4月20日　初版第1刷発行

編　者＊青山学院大学文学部日本文学科
装　幀＊後藤トシノブ
発行人＊松田健二
発行所＊株式会社社会評論社
東京都文京区本郷 2-3-10
tel.03-3814-3861/fax.03-3818-2808
http://www.shahyo.com/
印刷・製本＊株式会社技秀堂

Printed in Japan